双葉文庫

はぐれ長屋の用心棒

すっとび平太

鳥羽亮

目次

この作品は双葉文庫のために書き下ろされました。

すっとび平太　はぐれ長屋の用心棒

第一章　亀《き》楽《らく》

一

「肴《さかな》はなんにしやす」

飯台の脇につっ立ったまま、元造《もとぞう》が愛想のない顔で訊《き》いた。

元造は、本所松坂町《まつざかちょう》の回向院《えこういん》の近くにある亀楽《きらく》という縄暖簾《なわのれん》を出した飲み屋のあるじだった。あるじといっても、亀楽はお峰《みね》という通いの婆さんがひとりいるだけの小体《こてい》な店である。

「そうだな、残り物でいいんだが、冷奴はあるかい」

梅七《うめしち》が元造に顔をむけて訊いた。

歳は三十がらみ、面長で鼻筋のとおった顔立ちだった。それに、色白である。

陽に灼《や》けてないのは、家の中の仕事のせいであろうか。

「ありやすよ」

「酒と、冷奴を頼まァ」

梅七が言った。

このところ、梅七は三日に一度ほど、元造がそろそろ縄暖簾をしまおうかと思うころにあらわれ、きまって酒を二本だけ飲んで帰る。肴は残り物のなかから一品だけ頼むが、漬物ぐらいしかなくても文句は言わなかった。そして、店仕舞いのことも考えて長《なが》っ尻《ちり》はせず、小半刻（三十分）ほどで帰るのだ。

元造は何も言わず、ちいさくうなずいただけでその場を離れた。元造は寡黙な男で、いつも仏頂面《ぶっちょうづら》をしていた。愛想など、言ったためしがない。

すでに、町木戸のしまる四ツ（午後十時）を過ぎていた。その夜、亀楽にはもうひとり客がいた。益吉《ますきち》という手間賃稼ぎの大工だった。二十代半ばであろうか。丸顔で細い目をしていた。益吉は酒を飲み終え、茶漬けを食っていた。腹ごしらえをしてから帰ろうと思っていたのである。

いっときすると、元造とお峰が板場から銚子と猪口《ちょく》、それに冷奴の入った小鉢を運んできた。

「お峰さんは、これから家に帰《けえ》るのかい」

梅七は、そばに立っているお峰に訊いた。梅七は、お峰が通いだと聞いていたが、夜更けにひとりで帰るのは物騒だと思ったのである。

「今夜は、泊めてもらいますよ。もう、遅いから……」

お峰がしゃがれ声で言った。婆さんといっても、まだ五十代らしく、腰はまがっていなかった。ただ、髪は白髪が多く、歯も何本かかけている。歯がないせいか、口のまわりに皺《しわ》ができ、ひどく老けてみえる。

お峰によると、店仕舞いが遅くなった晩は亀楽に泊まり、翌朝、家に帰るのだという。

「それがいい」

梅七は銚子を手にし、猪口に酒をついだ。

元造は酒と肴を梅七の前に置くと、何も言わずにさっさと板場にもどってしまった。

梅七が酒をついだ猪口を手にし、口に運んだときだった。縄暖簾を分けて、三人の男が店に入ってきた。ひとりは牢人らしく、総髪で黒鞘の大刀を一本落とし差しにしていた。面長で、目の細い男である。

他のふたりは町人だった。大柄な男と、ずんぐりした体軀《たいく》の男である。ふたりとも縞柄《しまがら》の着物を裾高に尻《しり》っ端折《ぱしょ》りし、両脛をあらわにしていた。遊び人ふうに見える。

三人の男は戸口につっ立ったまま、店のなかに視線をめぐらせていた。

「お、お客さん、そろそろ店仕舞いですが……」

お峰が、震えを帯びた声で言った。三人の男に、ただの客とはちがう殺気だったものを感じとったらしい。

三人の男は無言のまま、梅七と益吉に近付いてきた。

梅七と益吉は、飯台を前にして腰掛け代わりの空き樽に腰を下ろしていた。不審そうな目を三人の男にむけている。

梅七の前に立った大柄な町人が、

「おめえ、何てえ名だい」

と、低い声で訊いた。すこし、腰をかがめて、下から睨《にら》むように梅七を見つめている。

「や、やぶから棒に、なんでえ。……おれの名を訊いてどうするんだい」

梅七が、声をつまらせて言った。男たちの殺気だった雰囲気を感じとり、胸の動悸《どうき》が激しくなって声が喉にひっかかったのだ。

「いいから、名をいいな」

大柄な男が右手を懐につっ込んだ。匕首《あいくち》でも呑んでいるのかもしれない。

「う、梅七だよ」

梅七が名乗ると、大柄な男は脇に立っている牢人に、

「旦那、こいつですぜ」

と言って、後ろへ下がった。

牢人は梅七の前に立つと、無言のまま刀の柄に右手をかけた。梅七を見すえた細い目が切っ先のようにひかっている。

「な、何をする気だ」

梅七はひき攣《つ》ったように顔をゆがめ、慌てて立ち上がった。牢人が、自分を斬ろうとしていると察知したのだ。

立ち上がった拍子に、腰掛けていた空き樽が倒れて大きな音を立てた。この音を聞いて、板場にもどりかけていたお峰が振り返り、ヒイッ、と喉を裂くような悲鳴を上げて後じさった。お峰にも、牢人が梅七を斬ろうとしているのが分かったのだ。

お峰が後じさったとき、腕が別の飯台の上に置いてあった箸立てに当たって倒れた。箸立ては転がって土間に落ち、ガシャッという音をたてた。箸が土間に散らばったのである。

牢人が腰を沈めて抜刀した。刀身が、土間の隅に置かれた燭台の火を反射《はね》て赤くひかった。

「助けて！」

梅七が逃げようとして反転した。

刹那《せつな》、赤みをおびた閃光《せんこう》が疾《はし》った。

次の瞬間、梅七の首がかしぎ、首筋から血が驟雨《しゅうう》のように飛び散った。牢人がふるった切っ先が、梅七の首の血管《ちくだ》を斬ったのだ。

梅七は血を撒き散らしながら前によろめき、空き樽に爪先をひっかけてつんのめった。空き樽が倒れて土間に転がった。その空き樽を追うような格好で、梅七が土間に転倒した。

土間に倒れた梅七は両手をつっ張って首をもたげたが、すぐに首が落ちた。

梅七は、俯《うつぶ》せに倒れたまま動かなくなった。首筋から噴出した血が、小桶《こおけ》で撒いたように土間を赭黒《あかぐろ》く染めている。

これを見た益吉が目をつり上げ、

「人殺しィ！」

叫びざま、外へ飛び出そうとした。

すると、脇に立っていたずんぐりした体軀の男が、

「騒ぐんじゃァねえ」

と言いながら、益吉の前に立ちふさがった。

益吉は男の脇を擦り抜けようとして、男の肩に突き当たった。

「やろう！」

男が踏み込みざま、手にした匕首を突き出した。

体ごと突き当たるような踏み込みだった。男の手にした匕首が、益吉の横っ腹に深く突き刺さった。

グッ、という呻《うめ》き声を上げ、益吉が足をとめた。凍りついたように身を硬くし、その場につっ立っている。

数瞬、男は益吉に身を密着させていたが、左手で益吉の体を押しながら後ろに身を引いた。男の目がつり上がり、肩先が小刻みに震えている。男も、ひとを刺したことで気が昂《たかぶ》っているらしい。

益吉は苦しそうな呻き声を洩《も》らし、両手で脇腹を押さえてその場にうずくまった。両手の指の間から滴り落ちた血が、土間を赤い斑《まだら》に染めている。

お峰は土間の端にへたり込んで、激しく身を顫《ふる》わせていた。恐怖で、腰が抜けたらしい。声も出ないらしく、喘鳴《ぜんめい》のような細い悲鳴を洩らしている。

「旦那、婆《ば》ァ《ば》をどうしやす」

ずんぐりした体軀の男が、口元に薄笑いを浮かべて訊いた。

「おれたちの顔を見てる。……始末しろ」

牢人が血刀をひっ提げたまま低い声で言った。

「へい」

男はへたり込んでいるお峰の前に立って片膝をつくと、お峰の胸にむかって匕首を突き出した。

ギャッ！

お峰が喉を裂くような絶叫を上げた。

二

腰高障子があいて、茂次《しげじ》が顔を出した。

「ヘッヘヘ……。やってやすね」

茂次は土間へ下駄《げた》を脱ぐと、勝手に座敷に上がってきた。

本所相生町《あいおいちょう》にあるはぐれ長屋の華町源九郎《はなまちげんくろう》の家である。座敷のなかほどで、源九郎と菅井紋太夫《すがいもんだゆう》が将棋を指していた。

はぐれ長屋とは妙な名だが、界隈《かいわい》の者が勝手にそう呼んでいるだけで、伝兵衛《でんべえ》店《だな》という立派な名があった。長屋には、食いつめ牢人、その日暮らしの日傭《ひよう》取り、その道から挫折した職人などはぐれ者が多く住んでいたので、そう呼ばれるようになったのである。

今朝は朝から小雨だった。将棋好きの菅井は朝餉《あさげ》を終えると、さっそく将棋盤をかかえて源九郎の部屋へやってきたのだ。

菅井は五十過ぎ、生まれながらの牢人で、はぐれ長屋に住んでいた。妻子はなく、独り暮らしである。

菅井は大道芸で口を糊していた。両国広小路《ひろこうじ》で居合抜きを見せて銭をもらっていたのである。菅井も、はぐれ者のひとりだった。

大道でやる居合抜きの見世物は雨が降ると商売にならない。それで、雨の日は源九郎の部屋にやってきて将棋を指すことが多かった。

また、菅井と源九郎は、島田藤四郎《しまだとうしろう》という男がひらいている本所横網町《よこあみちょう》にある神道無念流《しんとうむねんりゅう》の剣術道場に依頼されて指南に行くことになっていたが、ちかごろは足が遠のいていた。それというのも、ふたりは剣の達者だったが、島田道場とは流派がちがったので、あまり道場の稽古に口をはさまない方がいいのではないかという思いがあったからである。

「茂次、おまえ、仕事は」

源九郎が将棋盤に目をやりながら訊いた。

「菅井の旦那と同じで、雨の日は商売にならねえんでさァ」

「このくらいの雨なら、商売になるだろう」

小雨で、空も明るかった。そのうちに雨もあがるだろう。

茂次は研師《とぎし》だった。

長屋や裏路地をまわり、包丁、鋏《はさみ》、剃刀《かみそり》などを研いで銭をもらい、暮らしをたてていた。茂次は刀槍の研屋になろうと思い、名のある研屋に弟子入りして修業したのだが、師匠と喧嘩して飛び出してしまった。それで、いまは長屋や裏路地などをまわる研師をしていたのである。茂次もはぐれ者であった。

「できねえこともねえが、今日はやめときやした」

茂次が首をすくめながら言った。

茂次の場合、多少の雨でも商売になった。研ぎを頼んだ家の軒下や土間を借りて、研ぐことができたのである。

「まァ、わしの知ったことではないがな」

そう言うと、源九郎は両手を突き上げて伸びをした。胡座《あぐら》をかいたままで指していたので、肩が凝ったのである。

源九郎は還暦にちかい老齢だった。鬢《びん》や髷《まげ》は白髪が目立ち、顔には老人特有の肝斑《しみ》も浮いていた。恰好《かっこう》もうらぶれている。着古した小袖の肩口には継ぎ当てがあり、だらしなくひろがった襟元は垢《あか》で黒光りしている。おまけに、胡座をかいた太股の間から、薄汚れた褌《ふんどし》が覗いていた。華町という名に反し、尾羽打ち枯らした貧乏牢人そのものである。

源九郎は丸顔で、すこし垂れ目だった。人のよさそうな茫洋《ぼうよう》とした顔付きをしていた。

ただ、がっちりした体軀で、腰も据わっていた。風貌に似合わず、源九郎は鏡《きょう》新明智流《しんめいち》の遣い手だったのである。

源九郎の生業《なりわい》は傘張りだった。もっとも、傘張りだけでは食っていけず、華町家からの多少の合力もあった。

源九郎は五十石の貧乏御家人だったが、倅の俊之介《しゅんのすけ》が君枝《きみえ》という嫁をもらったのを機に隠居して家を出たのである。その俊之介にも、いまは嫡男の新太郎《しんたろう》と長女の八重《やえ》というふたりの子がいた。昨今、俊之介は己の仕事や家族のことに気を奪われ、家を出た源九郎のことは忘れがちのようだ。

「おい、この飛車、まずいぞ」

ふいに、菅井が将棋盤を睨みながら声を上げた。

「まずいとは、どういうことだ」

「角がつむではないか」

「わしは、そのつもりで打ったのだ」

王手、角とりの妙手だった。しかも、角をとれば、源九郎がかなり有利になる。

「これは、まずい。いきなり飛車を打つのは、卑怯《ひきょう》ではないか」

菅井が、憮然《ぶぜん》とした顔で言った。

「なにを言う。いちいち断って、打たねばならんのか」

源九郎があきれたような顔をして言った。

「しかし、いきなり打つのは……」

菅井は口をひき結び、将棋盤を睨んでいる。

そのとき、戸口に走り寄る足音がし、ガラリと腰高障子があいた。顔を出したのは、孫六《まごろく》だった。

「て、大変《てえへん》だ！」

孫六が、荒い息を吐きながら声を上げた。

孫六は還暦を過ぎた老齢だった。岡っ引きだったが隠居し、はぐれ長屋に住むおみよという娘のところに同居している。

「とっつァん、どうしたい」

茂次が訊いた。

源九郎と菅井も将棋盤から目を離し、孫六の方に顔をむけた。

「長屋の益吉が殺された！」

益吉は、はぐれ長屋の住人だった。

「なに、大工の益吉か」

源九郎が訊いた。

「へい。……益吉だけじゃァねえ。亀楽のお峰も殺《や》られやした」

「亀楽のお峰だと！」

今度は、菅井が声を上げた。

亀楽ははぐれ長屋から近かった。源九郎たちは、亀楽の常連客だった。あるじの元造も手伝いに来ているお峰のこともよく知っている。

「それで、益吉とお峰は、どこで殺されたのだ」

源九郎が身を乗り出すようにして訊いた。

「亀楽でさァ。平太《へいた》やおしずも、亀楽に駆けつけやしたぜ」

平太は益吉の弟で、おしずは母親である。

「菅井、将棋など指している場合ではないぞ」

源九郎が立ち上がりながら言った。

「つづきは、帰ってきてからだ」

菅井も立ち上がった。帰ってきてから、つづきを指すつもりでいる。

源九郎と菅井は、孫六と茂次につづいて戸口から飛び出した。

雨は上がっていた。空が明るくなり、雲間から陽が射していた。

春らしいやわらかな陽射しである。雨上がりのせいか、大気のなかにしっとりとした湿り気があった。長屋の屋根で、二羽の雀の囀《さえず》りが聞こえた。長屋の住人のことを噂しているようにも聞こえた。長屋の井戸端まで行くと、お熊《くま》やおまつなど長屋の女房連中が数人集まっていた。どの顔もこわばっている。益吉が殺されたことを知っているのだろう。

「は、華町の旦那、益吉さんが……」

お熊が、源九郎の顔を見ると、声を震わせて言った。

「ともかく、亀楽に行ってみる」

源九郎たちは足をとめずにお熊たちのそばを通り過ぎ、路地木戸にむかった。

「あたしらも、行くからね」

お熊のうわずった声が、背後で聞こえた。

三

亀楽の前に人だかりができていた。通りすがりの者もいたが、はぐれ長屋の住人が多いようだ。源九郎の顔見知りの男が何人もいた。岡っ引きらしい男もいる。益吉たちが殺されたことを聞いて、駆け付けたのだろう。

「通してくれ！」

茂次が、声を上げた。

すると、戸口からなかを覗き込んでいた男たちが、慌てて左右に分かれて通り道をあけた。いずれも長屋の住人で、源九郎や菅井を知っていたのである。益吉の母親のおしずではあるまいか。源九郎たちが戸口まで行くと、なかから女の泣き声が聞こえた。

店のなかは薄暗かった。土間に並べられた飯台の間に、男が何人か立っていた。屈み込んで、土間に目をやっている人影もある。

土間に屈み込んでいる人影のなかで、女の泣き声がした。泣いているのは、おしずらしかった。喉のひき攣ったような泣き声だった。顔を両手でおおって慟哭《どうこく》を堪《こら》えているようだ。

おしずの脇に男がひとり立っていた。まだ、十四、五歳と思われる若者だった。益吉の弟の平太である。黒の印半纏《しるしばんてん》に黒股引姿だった。平太は鳶《とび》をしていると聞いていたが、その恰好で駆け付けたらしい。

平太の丸顔は浅黒く陽に灼け、子供を思わせるような丸い目をしていた。その目で、虚空を睨むように見すえてつっ立っている。

「は、華町の旦那ァ……」

土間の隅にいた男が、声を震わせて言った。

元造だった。元造の浅黒い顔が、押しつぶされたようにゆがんでいた。肩先が小刻みに震えている。

「元造、どうした」

源九郎が近付くと、

「お峰が、ここに……」

と言って、元造が店の隅の板壁の方を指差した。

お峰が、土間に尻餅をついた恰好で死んでいた。瞠《みひら》いた両眼が、薄闇のなかで白く浮き上がったように見える。

着物の胸がどっぷりと血を吸い、赭黒く染まっていた。お峰は、刃物で胸を刺されたようだ。

「とっつァん、殺ったのはだれだい」

孫六が、岡っ引きらしい物言いで訊いた。顔がけわしかった。すでに隠居して久しいが、岡っ引きだったころを思い出したのかもしれない。

「わ、分からねえんだ」

元造が声を震わせて話し出した。

元造は梅七に酒と肴を運んだ後、店にお峰だけを残して板場にもどったという。板場で洗い物を始めると、店から争っているような物音と男の絶叫が聞こえた。

　元造はすぐに板場から店へもどった。そのとき、店の戸口から飛び出していく人影が見えた。三人いた。元造が目にしたのは、三人の後ろ姿だけだった。

「三人とも、町人だったのか」

　源九郎が訊いた。お峰の傷は、刃物によるものだった。三人のなかに、刀を差した武士がいたかもしれない。

「……ふたりは町人で、ひとりは牢人のようでした」

　元造によると、ふたりの町人は遊び人ふうで、牢人は黒鞘の大刀を一本だけ差していたという。

「元造、いま梅七という客がいたと言ったが、その男はどうした」

　菅井が訊いた。

「梅七さんも、殺られやした。……益吉さんの奥に」

　そう言って、元造が指差した。

　見ると、益吉のまわりにいる男たちの先にも何人か集まっていた。岡っ引きや下っ引きらしい。

「三人も、殺られたのか」

源九郎が、けわしい顔でつぶやいた。

「ともかく、益吉を見てみるか」

菅井が源九郎の耳元で言った。

「そうだな」

源九郎たちは、土間に横たわっている益吉に近寄った。

益吉は土間に俯せに倒れていた。両膝がまがり、腰がすこし浮いている。土間にうずくまったような恰好から、上体を前に倒したのかもしれない。

「脇腹を刺されたようだ」

源九郎が小声で言った。

益吉の脇腹がどす黒い血に染まっていた。深い傷らしく、出血が激しかった。腹部近くの土間にも血がひろがっている。

土間に箸立てが転がり、箸が散らばっていた。飯台に置いてあった箸立てである。益吉が押し入ってきた三人から逃げようとしたとき、飯台から落ちたのかもしれない。

源九郎たちが益吉の死体に目をやっていると、

「兄い!……だれが、兄いを殺《や》ったんだ」

平太が、悲痛な声で叫んだ。体が、ぶるぶると顫えている。強い怒りと悲しみが、胸に衝き上げてきたらしい。

平太の荒い息の音が聞こえた。その平太の足元で、おしずが顔を両手でおおって慟哭を洩らしている。店内の重苦しい静寂《しじま》のなかで、平太の荒い息の音とおしずの慟哭だけが、ひびいていた。

源九郎たちは益吉のそばを離れ、倒れている梅七に近寄った。そばにいても、何もしてやれなかったのである。

梅七も俯せに倒れていた。近くの土間に、小桶で撒いたように血が飛び散っていた。おびただしい出血である。

「首を斬られている」

菅井が、つぶやくような声で言った。

出血が激しいのは、首の血管を斬られたためらしい。

「刀だな」

源九郎は、下手人が刀を袈裟《けさ》にふるったのだろうと思った。梅七の首筋は、首の後ろから胸にかけて斜《はす》に斬り裂かれていた。

「下手人は腕の立つ男のようだ。おそらく、牢人だろう」

菅井がけわしい顔をして言った。

菅井は相手の腕を見抜く目を持っていた。大道芸で居合を見せていたが、居合の腕は本物だった。田宮《たみや》流居合の達人だったのである。

「何者であろうな。下手人たちは盗人でもないようだし、亀楽に恨みがあったわけでもないようだ」

源九郎は、三人組がなぜ店に押し入り、ふたりの客とお峰を殺したのか分からなかった。店の金を奪おうとした痕跡はないし、亀楽に恨みがあったのなら真っ先に元造を斬っただろう。

「分からんな」

菅井が、口をへの字にひき結んで首をひねった。

菅井の総髪は肩まで伸びていた。肉をえぐりとったように頬がこけ、顎がしゃくれていた。その般若《はんにゃ》のような顔が、口をへの字に引き結ぶとよけい不気味に見える。

そのとき、戸口の方でざわめきが起こり、「八丁堀の旦那だ」「村上《むらかみ》さまがみえた」などという声が聞こえた。

人垣が割れて店に入ってきたのは、南町奉行所の定廻り同心、村上彦四郎《ひこしろう》だった。いつも連れ歩いている小者の伊与吉《いよきち》をはじめ数人の手先を引き連れていた。そのなかに、栄造《えいぞう》の姿もあった。栄造は岡っ引きで、源九郎たちと顔見知りだった。


村上は店のなかにいる源九郎たちに気付くと、近付いてきて、

「伝兵衛長屋の者も、殺られたそうだな」

と、抑揚のない声で言った。

源九郎は村上とも顔見知りだった。これまで、源九郎たちはぐれ長屋の者がかかわった事件で、村上と何度も顔を合わせていたのである。

源九郎は何も言わず、ちいさくうなずいた。

「ともかく、死骸《ほとけ》を拝ませてもらうぜ」

そう言い置くと、村上は土間に横たわっている益吉に近寄った。

四

「おみよ、ちょいと行ってくるぜ」

孫六は、土間の隅の流し場で洗い物をしているおみよに声をかけた。

おみよは、ぼてふりの又八《またはち》と所帯を持ち、はぐれ長屋に住んでいた。岡っ引きの足を洗って隠居した孫六は、その娘夫婦の世話になっていたのである。

「富助《とみすけ》は？」

おみよが、洗い物をする手をとめて訊いた。

おみよたち夫婦には、一粒種の富助という男児がいた。孫六にとっても初孫で、目の中に入れても痛くないほど可愛がっていた。

「富助は、寝てるぜ」

孫六が座敷に目をやって言った。

さっきまで、孫六は三つになる富助の相手になって遊んでいた。そのうち、富助が掻巻《かいまき》にくるまって寝息をたて始めたので、源九郎の家へ行こうと思い、足音をたてないように土間へ下りたのである。

「おとっつァん、暗くなる前に帰ってよ。もう年寄りなんだから、無理をしちゃァだめだよ」

おみよが、振り返って言った。

「分かってるよ」

孫六は仏頂面をして腰高障子をあけた。

孫六は胸の内で、年より扱いしやがって、まるで餓鬼にでも意見するようじゃァねえか、と悪態を吐《つ》いたが、悪い気はしなかった。おみよが、そう言って送り出すのはいつものことだし、おみよが父親である孫六の体のことを気遣って言っているのが、分かっていたからである。

孫六が源九郎の家の方へ歩きだしたときだった。長屋の棟の脇からバタバタと足音がし、若い男が駆け寄ってきた。平太である。

平太は孫六の前に立つと、

「お、親分、頼みがありやす」

と、思いつめたような顔をして言った。

平太の丸顔は、兄の益吉によく似ていた。その顔が、ひどく憔悴《しょうすい》している。頬がこけ、細い目の下が隈取ったように黒ずんでいた。

益吉が亀楽で殺され、五日経っていた。その後、益吉の遺体は長屋の者たちの手で引き取られ、すでに葬式も済んでいた。いま、益吉は長屋の住人たちの手で埋葬され、回向院の隅に眠っている。

この五日間、平太がどんな思いで過ごしてきたか、その憔悴した顔を見れば、一目瞭然である。兄を殺された悲しみと悔しさで、夜も眠れなかったのであろう。

「な、なんでえ、頼みってえのは」

孫六が足をとめて訊いた。

「親分、おれを子分にしてくれ！」

平太が訴えるような声で言った。孫六を見上げた目に必死さがある。

「こ、子分だと……」

孫六は目を剝《む》いて平太を見た。子分にするなど、思ってもみないことだった。

「おれは、兄いを殺した下手人をお縄にしてえんだ」

「平太、おめえ、何か思いちがいをしてるんじゃァねえか。おれが、親分だったのはむかしのことだぜ」

たしかに、孫六は岡っ引きだったが、もうむかしのことである。孫六は、十年ほども前に中風をわずらい、すこし足が不自由になり、岡っ引きから足を洗ったのである。いまは、娘夫婦の世話になっている隠居爺《いんきょじじ》いである。

「おれは知ってるぜ。孫六親分は、番場町《ばんばちょう》の親分と呼ばれた腕利きの御用聞きだったはずだ」

「まァ、御用聞きだったことはあるがな」

孫六が困惑したような顔をした。

たしかに、番場町の親分と呼ばれ、肩で風きって歩いていたころもある。ただ、いまは背がまがり、左足をすこし引きずっていた。それに、孫六は顔が浅黒く、丸いちいさな目で、小鼻が張っていた。狸のような顔である。どうみても、番場町の親分と呼ばれるような風体ではない。

「親分、あっしを子分にしてくだせえ」

平太が、必死になって言った。何としても、兄の益吉を殺した下手人をつかまえたいのだろう。

「ま、待て、おめえの気持ちは分かるが、おれは、もう親分じゃァねえし、おめえには鳶の仕事があるし……」

孫六が、語尾を濁した。孫六は、嬉しいような困ったような妙な気持ちになってきた。むかしのように親分と呼ばれて、悪い気はしなかったのだ。

「おれは、孫六親分の子分になって、兄いを殺したやつをお縄にしてえんだ」

さらに、平太が言った。

「平太、ちょっと待て。……そうだ、こうしようじゃァねえか。華町の旦那と相談してな。みんなで、下手人をつかまえることになったら、おめえにも手を貸してもらう。それで、どうだい」

孫六が声をあらためて言った。

源九郎たちは、はぐれ長屋の用心棒とも呼ばれていた。これまでも、勾引《かどわか》された御家人の娘を助け出したり、無頼牢人に脅された商家を守ったりしてきたからである。むろん、ただではない。相応の礼金をもらってのことだ。

源九郎の仲間は五人だった。いずれも、はぐれ長屋の住人で、源九郎、菅井、孫六、茂次、それに砂絵描きの三太郎《さんたろう》である。

「分かった」

平太がうなずいた。平太も、孫六が源九郎たちといっしょに、長屋の住人がかかわった事件の解決にあたってきたことは知っていたのである。

「おれは、華町の旦那のところで話してくるからな。おめえは、おっかさんのそばにいてやんな」

「へい」

平太が、納得したようにうなずいた。

孫六は平太と別れると、源九郎の家に足をむけた。

源九郎の家には、菅井も来ていた。めずらしく、ふたりは将棋をやらずに茶を飲んでいた。菅井も、殺された益吉を目の当たりにしたので、将棋を指す気にはなれなかったのかもしれない。

「孫六、どうした」

源九郎が、姿を見せた孫六に訊いた。

「ちょいと、おふたりに相談がありやしてね」

孫六は照れたような顔をしたが、すぐに表情を消して上がり框《かまち》に腰を下ろした。

「茶を飲むか」

そう言って、源九郎が腰を上げようとすると、

「茶はいらねえ。まァ、そこに腰を下ろしてくだせえ」

いつになく、孫六がまじめな顔をして言った。

「どうしたんだ、あらたまって」

菅井が訊いた。

「いえ、益吉が殺られた件でしてね」

「うむ……」

源九郎は上がり框近くに座りなおした。

「このままにしておいていいんですかい」

孫六が、低い声で言った。元岡っ引きらしく、目をひからせている。

「そのことでな、いま、菅井とも話していたのだ」

「……」

孫六が、源九郎と菅井に目をむけた。

「これは、どうみても町方の仕事だ。……それに、だれかに下手人を探すように頼まれたわけでもない」

源九郎が言うと、

「旦那、あっしは頼まれやしたぜ」

孫六が源九郎の次の言葉をさえぎるように言った。

「だれに頼まれたのだ」

「益吉の弟の平太でさァ」

孫六は、平太に頼まれたわけではなかったが、そう言ったのである。子分の話は、できなかったのだ。

「益吉は、同じ長屋の住人だからな」

菅井がむずかしい顔をして言った。

「そうでさァ。何もしねえで、見てるわけにはいきませんや」

「ともかく、亀楽でもう一度様子を訊いてみるか」

源九郎も、残された母親のおしずや弟の平太のために何かしてやりたかった。

「これから、亀楽に行きやしょう」

孫六が声を上げた。

「孫六、酒を飲みに行くのではないぞ」

菅井が渋い顔をして言った。

孫六は酒に目がなかったが、娘のおみよに気兼ねして外で飲む機会はすくなかった。源九郎たちと亀楽で飲むのをことのほか楽しみにしていたのだ。

「分かってやすよ。あっしだって、いまは酒を飲むような気分じゃァねえや」

孫六が首をすくめて言った。

五

亀楽の店先に、縄暖簾は出ていなかった。店はひっそりとしている。まだ陽は高かったが、いつもなら縄暖簾が出ているはずである。

孫六が引き戸をひくと、すぐにあいた。店のなかは薄暗く、人影はなかった。

ただ、だれかいるらしく、板場で水を使う音がした。

「とっつァん、いねえのか」

孫六が戸口に立って声をかけた。

すると、下駄の音がし、元造が奥から姿を見せた。何か洗い物でもしていたらしく、濡れた手を前だれで拭いている。

元造は肩を落として源九郎たちのそばに来た。顔には暗い翳《かげ》がはりついている。

「まだ、店をひらいてねえんで……」

元造が、くぐもった声で言った。

「いや、酒を飲みに来たわけではないのだ」

源九郎が言うと、そばにいた孫六が、いまは酒を飲む気持ちになれねえ、と渋い顔で言い添えた。

「へえ」

「訊きたいことがあってな」

そう言うと、源九郎は飯台を前にして空き樽に腰を下ろした。菅井と孫六も空き樽に腰をかけた。

「あっしからも、旦那方に話がありやす」

元造が、小声で言った。

「そうか。ともかく、腰を下ろしてくれ」

源九郎が言うと、元造が飯台をはさんで腰を下ろした。

「まず、元造の話を聞くか」

源九郎が言った。

「へえ……。お峰が殺されやした」

元造はそれだけ言うと、視線を落として口をつぐんでしまった。寡黙な元造は話をするのが苦手らしい。

「お峰が殺されたことは分かってる。それで、元造の話というのは？」

脇から、菅井が訊いた。

「お、おれは、お峰にもうしわけねえ……」

「それで」

菅井が話の先をうながした。

「お峰を殺した三人を、お縄にしてもらいてえんで」

元造は細い目を瞠いて語気を強めた。顔が、怒りに赭黒く染まっている。元造が感情をあらわにするのはめずらしいことであった。

「……で、でも、旦那たちに頼む銭がねえ」

元造が肩をすぼめた。源九郎たちに、礼金なり依頼金なりを払わなければならないことを知っていたのである。

「しばらく、旦那たちから酒代はとらねえってことで、どうですかね」

元造が小声で言い添えた。

「ただで、酒が飲めるのか」

孫六が身を乗り出すようにして訊いた。

「へえ」

「それでいい！」

すぐに、孫六が声を上げた。

「まァ、いいだろう」

源九郎が承知すると、菅井もうなずいた。

ふたりとも、亀楽に世話になっていたし、お峰とも顔見知りだったので、礼金はなくとも引き受ける気になっていたのだ。

「さっそく、元造に訊きたいことがあるのだがな」

源九郎が声をあらためて切り出した。

「顔は見なかったそうだが、お峰たちを斬った三人組に見覚えはないのだな」

「……」

元造は無言のままちいさくうなずいた。

「店が恨まれているようなことは？」

「ねえ」

元造が、ぼそっと答えた。

「すると、亀楽や元造のかかわりでなく、三人組は益吉、梅七、お峰のだれかを殺すことが目的だったのだな」

源九郎は、お峰ではあるまい、と思った。お峰が狙いなら、店に客のいるときでなく店の行き帰りを狙うはずである。となると、益吉か梅七ということになる。いまのところ、益吉がだれかに命を狙われているというような話は聞いたことがなかった。

「梅七だが、店にはよく来たのか」

源九郎は見かけたことがなかった。もっとも、ちかごろ懐が寂しかったので、亀楽は御無沙汰していたが――。

「ちかごろ、見えるようになりやした」

「それで、梅七と話したことはあるのか」

「ありやすが……」

「今度の件とかかわりがあるようなことを聞いたことは？」

「ねえ」

元造が、首を横に振った。

「そうか。……ところで、梅七の生業は何だ」

「包丁人と聞きやした」

「店はどこだ」

包丁人なら、働いている店があるはずである。

「柳橋の『吉浜《よしはま》』と聞きやした」

「吉浜か」

店に入ったことはなかったが、江戸でも名の知れた料理茶屋の老舗《しにせ》である。富商や大身の旗本など、客筋がいいことでも知られていた。

「吉浜の包丁人が、亀楽で飲んでいたのか」

源九郎は、吉浜のような店の包丁人なら縄暖簾を出した飲み屋などに立ち寄らず、もうすこしましな店でうまい酒が飲めただろうと思ったのだ。

「吉浜の仕事が早く終わったときだけ、立ち寄ったようでさァ。……肴はあまり頼まず、酒を一本か二本飲んで、いつもすぐ帰《けえ》りやした」

「そうか」

おそらく、梅七は吉浜での仕事の疲れを癒やすために亀楽に立ち寄ったのだろう。客がすくなく、元造のように無口な男がやっている小体《こてい》な店の方が、気が休まったのかもしれない。

「梅七だが、だれかに命を狙われているような節はなかったか」

「……」

元造は無言のまま首をひねった。はっきりしたことは、分からないのかもしれない。

それから、源九郎は念のために益吉とお峰についても訊いたが、三人組とかかわりのあるようなことは何も出てこなかった。

源九郎は腰を上げると、

「元造、それで、この店はつづけるのだな」

と、小声で訊いた。元造はひどく気落ちしていたし、お峰がいなくなって、ひとりでは大変だと思ったのである。

「何とかやっていきやす」

元造がぼそっと言った。

六

その日の夕方、源九郎の家に五人の男が集まった。源九郎、菅井、孫六、茂次、それに三太郎である。

部屋の隅に行灯《あんどん》が点《とも》り、男たちの顔を照らしだしていた。五人の顔には、屈託の色があった。膝先に酒の入った貧乏徳利と湯飲みが置いてあったが、手を出す者はいなかった。酒好きの孫六だけが、遠慮がちに湯飲みに手を伸ばしている。

「益吉が、亀楽で殺されたことは知っているな」

源九郎が切り出した。長屋の住人で知らない者はいないはずだが、念を押したのである。

四人の男は、無言でうなずいた。

「そのことでな。おしずと平太は、益吉を殺した下手人をお縄にしてもらいたいと思っているようだ」

源九郎がそう言うと、

「おれたちが、何もしねえで見てるわけにはいかねえぜ。なんてったって、長屋の者が殺されたんだからな」

孫六が、身を乗り出すようにして言った。

「それに、亀楽の元造からも頼まれたのだ。何とか、お峰を殺した下手人をお縄にしてくれとな」

源九郎が言うと、菅井はすぐにうなずいたが、茂次と三太郎は無言だった。下手人を捕らえるのは、町方の仕事だという思いがあるのだろう。

「元造にも頼まれたが、礼金はもらっていないのだ。それで、いつものようにみなで分けることはできん」

これまで、源九郎たちは、依頼人からもらった礼金や依頼金を五人で等分に分けていたのだ。

「だが、元造なりに、精一杯の礼をしてくれるようだ。……これからしばらくの間、おれたちが亀楽で飲む酒はただにしてくれるそうだよ」

源九郎がそう言うと、

「おい、ただだぜ。好きなだけ飲んで、銭を払わなくていいんだ」

孫六がむきになって言った。

すると、黙って聞いていた菅井が、

「酒代はともかく、おれはやるつもりでいる。何といっても長屋の者が殺されているからな。それに、お峰にも世話になっていた」

と、当然のように言った。

「おれは、やるぜ」

つづいて、茂次が声を上げると、

「あっしもやりやす」

と三太郎が、首をすくめながら女のように細い声で言った。

三太郎は痩せて、ひょろりとした体軀だった。肌が青白く、面長で顎が張っている。青瓢簞《あおびょうたん》のような顔である。

生業は砂絵描きだった。砂絵描きというのは、大道芸のひとつである。染粉で染めた砂を色別に小袋に入れて持ち歩き、人手の多い寺社の門前や広小路などの片隅に座り、砂を垂らしながら絵を描いて観せるのだ。三太郎は生来の怠け者で、あまり仕事には行かなかったが、おせつという女房をもらってからは、仕事を怠けなくなったようである。

「これで決まったぜ」

孫六が声を上げた。

「それで、どう動きやす」

茂次が、男たちに視線をまわして訊いた。

「まず、探るのは梅七だな」

源九郎が、三人組の狙いは梅七殺しにあったのではないか、と言い添えた。

「梅七は、柳橋の吉浜の包丁人だったらしいぜ。とりあえず、吉浜から当たってみるのが筋だな」

孫六が、岡っ引きらしい物言いをした。平太に親分と呼ばれたこともあって、すっかりその気になっているようだ。

「それとなく、探った方がいい。相手が、まったく見えてないからな。下手に動くと、下手人に逃げられるかもしれん」

源九郎は、下手人に命を狙われるかもしれないと思ったが、そのことは口にしなかった。まだ、何も見えていなかった。いまから、恐れることはないのである。

「あっしと三太郎とで、聞き込んでみやすよ」

茂次が言うと、三太郎もうなずいた。

茂次は研師として柳橋界隈の長屋や裏路地をまわりながら、それとなく聞き出すのである。一方、三太郎は柳橋に近い両国広小路辺りで砂絵描きの見世物をしながら、吉浜や包丁人の梅七の噂などを聞くことになろうか。

「華町の旦那、あっしは、まず町方に当たってみまさァ」

孫六が意気込んで言った。

「町方にあたるとは？」

「まず、栄造に話を聞いてみやすよ。御用聞きたちも、歩きまわってるはずでさァ。なにしろ、三人も殺られていやすからね。町方が探ったことを聞けば、様子が知れるかもしれねえ」

岡っ引きの栄造は、いまでも孫六と懇意にしていた。源九郎たちも、栄造と協力して事件の探索にあたったこともある。

「もっともだな。町方の方は、孫六にまかせよう」

源九郎が言った。

話が一段落したとき、源九郎が貧乏徳利を手にし、

「ともかく、一杯やってくれ。せっかく用意したのだ」

と、男たちに声をかけた。貧乏徳利の酒は、孫六が亀楽の元造に話して都合してもらったのだ。

「さァ、飲もう。景気付けだ」

孫六が嬉しそうに声を上げて湯飲みを手にした。

それから、源九郎たちは思いつくままに、生前の益吉や事件のことなど話をしながら、酒を飲んだ。

茂次が孫六に酒をついでもらいながら、

「とっつァん、やけに張り切ってるじゃァねえか。何かあったのかい」

と、孫六を上目遣いに見ながら訊いた。

「あったじゃァねえか。茂次、長屋の益吉が殺られたんだぜ。黙って見てる手はねえだろうよ」

孫六が顎を突き出すようにして言った。さっきからひとりで飲んでいたので、顔がだいぶ赤くなっている。

「そりゃァそうだが……」

茂次が腑に落ちないような顔をして首をひねった。茂次は、孫六と平太のかかわりをまだ知らなかったのだ。

七

「平太、おめえ、諏訪町《すわちょう》の栄造を知ってるかい」

孫六が胸を張って訊いた。

「知ってやす。栄造親分は、浅草界隈じゃァ名の知れた親分ですぜ」

平太が昂った声で言った。

「おれと栄造とは、むかしっからの長《なげ》え付き合いよ。これからな、おめえを栄造のところへ連れてってやるからよ。いっしょに来るかい」

「栄造親分に会わせてもらえるんですかい」

平太が細い目を孫六にむけて訊いた。

「そうとも。……益吉を殺った下手人を探るには、町方がどこまで探ったかつかむのもでえじなんだよ」

「お供いたしやす」

平太が声を上げた。

「よし、行くか」

「行きやしょう」

ふたりは、長屋の路地木戸に足をむけた。

平太は跳ねるような足取りで歩いた。足が速い。それに、身軽そうである。

「待てよ、平太。もうすこしゆっくり歩け」

孫六があきれたような顔をして言った。

「へい」

平太は足をとめて、孫六が追いつくのを待った。

「おめえ、鳶の仲間から、すっとび平太と呼ばれてるそうだな」

孫六は、平太の噂を耳にしていた。平太は足が速く身軽なことから、鳶の仲間内ですっとび平太と呼ばれているらしい。

「足だけは、親分にも負けやせんぜ」

「あたりめえだ。おれに、足で負けたら御用聞きになどなれねえよ」

孫六は中風を患い、すこし左足を引きずるようにして歩く。ただ、長年岡っ引きとして聞き込みにまわって足腰を鍛えたので、歩くだけなら何の支障もなかった。

ふたりはそんなやり取りをしながら竪川《たてかわ》沿いの通りに出ると、両国橋の方に足をむけた。

四ツ（午前十時）ごろだった。風の静かな晴天である。竪川の川面《かわも》が初夏を感じさせる明るい陽射しを反射て、キラキラとひかっていた。荷を積んだ猪牙舟《ちょきぶね》が波をたて、川面のひかりを掻き乱しながら大川の方へむかっていく。川面を渡ってきた風は、涼気があって心地好かった。

竪川沿いの通りには、ぽつぽつと人影があった。ぼてふり、風呂敷包みを背負った行商人らしい男、町娘などが行き交っている。

「平太、益吉だがな、殺される前《めえ》に何か言ってなかったかい」

孫六が歩きながら訊いた。

「変わったことは、聞いてやせんが」

「だれかに恨まれてるとか、跡を尾《つ》けられたとか。そんな話はなかったかい」

「聞いてねえなァ」

平太はつぶやくような声で言って、首をひねった。

「仕事は、どこに行ってた」

「寅蔵《とらぞう》ってえ棟梁のところでさァ。殺された日に上棟式がありやしてね。親方のところで一杯やったようなんで。……兄いは酒好きなもんで、飲みたりなくて帰《けえ》りに亀楽に立ち寄ったんじゃァねえかなァ」

平太が眉宇《びう》を寄せ、洟《はなみず》をすすりながら言った。益吉の死顔でも思い出したのかもしれない。

「益吉は巻添えを食ったのかもしれねえなァ」

孫六は、三人組が益吉を狙って亀楽に踏み込んできたとは思えなかった。

そんな話をしながら、孫六と平太は両国橋を渡り、賑やかな西の橋詰の両国広小路に出た。そこは江戸でも有数の盛り場で、様々な身分の人々が行き交い、子供の泣き声や物売りの声などがあちこちから聞こえてきた。

ふたりは両国広小路を抜け、浅草橋を渡って奥州街道へ出た。街道を北にむかい、浅草御蔵の前を通り過ぎ、しばらく歩くと右手に諏訪町の家並が見えてきた。

諏訪町に入って間もなく、

「平太、こっちだ」

と言って、孫六が右手の路地に入った。

路地を一町ほど歩くと、路地沿いにそば屋があった。店先に暖簾が出ている。

「この店だよ。勝栄《かつえい》ってえんだ」

孫六が店の前に足をとめて言った。

「栄造の女房の名が、お勝《かつ》でな。夫婦の名を一字ずつ取って、屋号にしたらしいや」

そう言って、孫六は口元に苦笑いを浮かべた。悪態のひとつもつきたかったが、平太がいたので我慢したのだ。

勝栄の暖簾をくぐると、土間の先の板敷きの間で、客がふたりそばをたぐっていた。まだ、昼前なので、客はすくないようだ。

「だれかいねえかい」

孫六が奥にむかって声をかけた。

すぐに、板場の方で下駄の音がし、女が顔を出した。お勝である。細縞の単衣《ひとえ》に片襷《かただすき》をかけていた。白い腕が、肘からあらわになっている。色っぽい年増《としま》である。

「親分さん、いらっしゃい」

お勝が笑みを浮かべて言った。お勝は、孫六が岡っ引きだったことを知っていて、親分さんと呼んでいる。

「親分はいるかい」

孫六は、まず栄造に会って話を聞こうと思った。

「いますよ。すぐ、呼びますから」

そう言い残し、お勝は足早に板場へもどった。

孫六と平太は、板敷きの間の隅の上がり框に腰を下ろした。隅に腰を下ろしたのは、ふたりの客に栄造の話が聞こえないようにするためである。

いっときすると、栄造が姿を見せた。栄造は片襷をはずしながら、孫六のそばに近付いてきた。歳は三十がらみ、肌の浅黒い、剽悍《ひょうかん》そうな面構えの男である。

「番場町の、何か用かい」

栄造はそう言ったが、孫六の脇に神妙な顔をして腰を下ろしている平太を目にし、

「脇にいるのは、連れかい」

と、小声で訊いた。

すると、平太が、へい、と応えて立ち上がり、

「あっしは、平太ともうしやして、孫六親分の手先でごぜえやす」

と名乗り、お見知りおきを、と言い添えて、栄造に深々と頭を下げた。

「こいつは、驚いた。番場町の、足を洗ったんじゃァねえのかい」

栄造が戸惑うような顔をしたが、口元には笑みが浮いていた。平太の大仰で馬

鹿丁寧な物言いが、滑稽だったのだろう。

「そ、そうじゃァねえ。おれの手先ってえ、わけじゃァねえんだ。……栄造、亀楽で殺された益吉を知ってるな」

孫六が慌てて言った。酒焼けした顔が耳朶《じだ》の辺りまで、赭黒く染まっている。

「知ってるよ」

「平太は、益吉の弟よ」

「益吉の弟か」

どこかで見たような気がしたが、栄造はあらためて平太の顔を見た。

「それでな。兄貴を殺した下手人を何とかお縄にして、お上に裁いてもらいてえ、と言って、おれのところに相談に来たのよ。そういうことなら、まず、おめえに顔を見せておこうと思って連れてきたんだ」

苦しい言い訳だったが、孫六はそう言うしかなかった。

「そうかい」

栄造はまだ戸惑うような顔をしていたが、それ以上平太のことは訊かず、

「華町の旦那たちが、かかわっているかい」

と言って、腕利きの岡っ引きらしい顔をした。

栄造も、源九郎たちがはぐれ長屋の用心棒と呼ばれ、これまで多くの事件にかかわってきたことを知っていた。そうした源九郎たちに、栄造は反感をもっていたわけではない。これまで、栄造は源九郎たちのお蔭で何度も下手人をお縄にし、手柄をたてることができたからだ。

「まァ、そうだ」

「それで、何が訊きてえ」

栄造の顔から戸惑うような表情は消えていた。

「下手人は割れたのかい」

孫六が声をひそめて訊いた。

「いや、まだだ」

「見当もついてねえのかい」

「亀楽に踏み込んだのは三人組で、ひとりは牢人、ふたりが遊び人ふうの町人だとは分かっている」

「それだけかい」

孫六も、その程度のことは知っていた。

「それだけだが、そっちは何かつかんでるのかい」

今度は、栄造が訊いた。栄造も、孫六から何か聞き出そうとしているようだ。

「殺られた梅七が、柳橋の吉浜の包丁人だと分かったぜ」

孫六が言った。

「梅七のことは、こっちでもつかんでいる」

「それで、吉浜に行って聞き込んだのかい」

孫六は、町方が聞き込みでつかんだことを聞き出そうと思った。

「ああ、吉浜にも当たってみたよ。……たいしたことは、出てきやァしねえ」

栄造によると、梅七は腕のいい包丁人で、常連のなかには梅七の料理を目当てにくる客もいたという。

「殺しにつながるようなことは？」

「いまのところ、何も出てこねえ。梅七はこれといった揉《も》め事もなかったようだし、他人《ひと》に恨まれている様子もなかった」

「女はどうだい」

老舗の料理屋の腕のいい包丁人となると、女にはもてるだろう。女との揉め事があってもおかしくない。

「女との諍《いさか》いも聞いてねえ」

「……」

孫六は渋い顔をして口をつぐんだ。せっかく来たのに、栄造から下手人につながりそうな話は聞けそうもなかった。

「番場町の、一筋縄じゃァいかねえ事件のようだぜ」

栄造が、低い声で言った。双眸《そうぼう》に、腕利きの岡っ引きらしい鋭いひかりが宿っている。

「そうだな」

孫六は渋い顔でうなずいた。

第二章　料理茶屋

一

茂次は浅草茅町《かやちょう》の裏路地にいた。小体《こてい》な店や表長屋などが、ごてごてとつづいている。茂次はちいさく切った茣蓙《ござ》の上に腰を下ろしていた。すぐそばに、長屋につづく路地木戸がある。

茂次の膝先には、様々な種類の砥石や鑢《やすり》の入った仕立箱、脇には水を張った研ぎ桶が置いてあった。仕立箱の上には、錆《さ》びた鋏《はさみ》や刃のかけた包丁などが並べてある。こんな物でも、研ぎますよ、という客を呼ぶための見本だった。

茂次は研師として商売をするために、その場に腰を下ろしていたのである。ただ、商売のためだけで、ここに来たのではない。柳橋にある料理茶屋、吉浜と包丁人だった梅七のことを訊《き》くためだった。できれば、吉浜の近くで話を聞きたかったが、吉浜のある辺りは賑やかな繁華街で、路傍で研ぎの商売をするような場所はなかった。そのため、柳橋に近い茅町に来ていたのだ。

茂次がその場で商売を始めて、小半刻（三十分）ほど過ぎたが、まだ客はひとりもこなかった。

……そろそろだれか来てもいいころだがな。

茂次は、近くにある長屋の住人が来るとみていたのである。

そのとき、下駄《げた》の音がし、路地木戸の方から女がひとり近付いてきた。手に包丁らしき物を持っている。

……年寄りか。

茂次はがっかりした。近付いてきたのは、腰のまがった婆さんである。婆さんに、料理茶屋や包丁人のことを訊いても無駄だと思ったのである。

婆さんは茂次の前に立つと、

「包丁は、いかほどだい」

と言って、錆びた包丁を突き出した。

ひどい包丁だった。錆びているだけでなく、刃もかけている。

「二十文で、どうだい」

茂次は婆さんの顔を見ながら言った。皺《しわ》の多い梅干のような顔で、前歯が欠けていた。腹の内で、婆さんに似た包丁だと思ったが、口にしなかった。

「二十文かい」

婆さんは渋い顔をした。高いと思ったのかもしれない。

「口開けだ。十八文にまけてやらァ」

茂次は、仕事をせずにただ待っているだけよりましだと思った。

「頼むかね」

婆さんは、包丁を茂次に手渡した。

「ところで、本所で殺された梅七ってえ男のことを聞いてるかい」

茂次は念のために訊いてみた。

「あたしゃァ、そんな話、聞いてないよ」

婆さんが、しゃがれ声で言った。

「研いどくから、半刻(一時間)ほどしたら取りに来てくんな」

茂次は、婆さんと話すことはないと思い、すこしつっけんどんな物言いをした。

婆さんは、頼んだよ、と言い残し、すこし足を引きずるようにして茂次の前を離れた。その婆さんと入れ替わるように、雪駄《せった》の音が聞こえ、若い男が近付いてきた。棒縞《ぼうじま》の単衣《ひとえ》を裾高に尻《しり》っ端折《ぱしょ》りしている。遊び人ふうの男である。

……こいつなら、知ってるかもしれねえ。

と、茂次は胸の内でつぶやいた。

「おう、研ぎ屋、匕首《あいくち》も研ぐのかい」

男が、茂次の前に立って言った。

「へい、刀も槍も研ぎやすぜ」

「頼むか」

男はそう言って、懐から匕首を取り出した。

茂次は匕首を受け取ると、鞘から抜き、刃をかざすように見て、

「こいつは、いいものだ」

と、もっともらしい顔をして言った。

匕首には、赤錆が浮いていた。一目見て、なまくらだと分かったが、そう言ったのだ。茂次は刀槍を研ぐ研屋に弟子入りしたこともあって、刀槍の目利きもできた。いいものだと言われて、機嫌を悪くする者はいないのである。

「分かるのかい」

男が相好《そうごう》をくずした。

「このくらいになると、研ぎにも手間がかかりやすぜ」

茂次は、すこし研ぎ代をつり上げようかと思った。

「かまわねえよ」

「五十文は、いただかねえと」

茂次が匕首の刃を見つめながら言った。

「五十文で、いいから研いでくれ」

男は機嫌よく言った。

「それじゃァ、研がせていただきやす。……ところで、兄い、本所で梅七ってえ男が殺されたそうだが、話を聞いてやすかい」

茂次が世間話でもする調子で切り出した。

「知ってるぜ」

男が立ったまま言った。

「やっぱり噂を聞いてやすか」

茂次は、すぐ研ぎやすから、待っててくだせえ、と言って、仕立箱のなかから荒砥《あらと》を取り出した。まず、錆を落とそうと思ったのである。

「梅七は、柳橋の吉浜ってえ料理茶屋の包丁人だったようですぜ」

茂次は荒砥で、匕首の錆を落としながら水をむけた。男から梅七のことを聞き出そうとしたのである。

「腕のいい包丁人だったらしいな」

男は、茂次の前に屈み込んだ。研ぎ終えるまで、待つつもりらしい。

「揉《も》め事でもあったんですかね」

「そんな話は聞いてねえなァ」

「あっしが、本所で仕事をしたとき、耳にしたんですがね。飲み屋に三人もで押し込んで、梅七を殺したそうですぜ」

「おれも、聞いてるよ」

男がけわしい顔をした。

「よほどのことがあったんでしょうね」

「そうだな」

「料理茶屋で、揉め事でもあったんですかね」

「そんなことはなかったようだぜ。おれの知り合いが、柳橋の船宿で船頭をしてるんだがな。そいつの話じゃァ、梅七は腕のいい包丁人で、吉浜にはわざわざ遠くから梅七の料理を食いにくる客もいたそうだよ」

「それじゃァ、吉浜は困ってるんじゃァねえのかい。料理屋にとっちゃァ、腕のいい包丁人がでえじだからな」

茂次が、もっともらしい顔をして言った。

「困っちゃァいるが、何とか商売はつづけてるようだぜ。吉浜には、もうひとり彦次郎《ひこじろう》ってえ腕のいい包丁人がいるからな」

「彦次郎ですかい。……ところで、吉浜だが、何か揉めごとがあったんじゃァねえのかい」

茂次は荒砥から、仕上げ用の目のこまかい砥石に替えた。話をしながらも、手は休みなく動かしている。

「おめえ、何が言いてえんだ」

男の顔に不審そうな表情が浮いた。茂次が、吉浜のことまで訊いたからであろう。

「なに、梅七が店のとばっちりを受けて殺《や》られたんじゃァねえかと思ったんでさァ」

「知らねえな。まァ、あれだけの店なら、何かあるだろうよ」

男はぞんざいに答えた。茂次の問いが、世間話にしては執拗《しつよう》だと思ったのかもしれない。

茂次は事件の話はそれでやめた。これ以上訊くと、ぼろが出そうだったのだ。

それからしばらくして匕首が研ぎ上あがると、茂次は五十文もらって男に匕首を渡した。その後も、茂次はその場にとどまり、三人の客から話を聞いたが、事件の探索に役立つような情報は得られなかった。

茂次は仕立箱を片付けながら、

……明日は、大川端に行ってみるか。

と、胸の内でつぶやいた。匕首の研ぎを頼んだ遊び人ふうの男が、船宿の船頭から話を聞いたと口にしていたからである。

二

翌日、茂次は手ぶらで柳橋に出かけた。研師の仕事をしながらでなく、吉浜のちかくの船宿の船頭をつかまえて話を聞いてみようと思ったのだ。

茂次は船宿専用の桟橋を見つけながら大川端を歩いた。桟橋はすぐに見つかったが、船頭の姿はなかった。陽射しの強い八ツ（午後二時）ごろだったので、船宿に来る客はすくないのかもしれない。

……あそこに、船頭がいる。

茂次は、桟橋に舫《もや》ってある猪牙舟《ちょきぶね》のなかに船頭がいるのを目にとめた。ちいさな桟橋で、三艘の舟が舫ってあるだけだった。近くに船宿らしき店があるので、その店専用の桟橋かもしれない。

船頭は、印半纏《しるしばんてん》に股引姿だった。船底を這《は》うような恰好《かっこう》をしているが、何をしているのか分からなかった。

茂次は船頭に話を聞いてみようと思い、桟橋につづく短い石段を下りた。大川の流れの音が耳を聾《ろう》するほどに聞こえてきた。船頭は舫ってある猪牙舟のなかで、船底に茣蓙を敷いていた。客を乗せる支度をしているのだろう。

桟橋に下り立った茂次は、船頭のいる舟に近付き、

「すまねえ、ちょいと訊きてえことがあるんだ」

と、大声を上げた。ちいさな声では流れの音に掻《か》き消されてしまう。

「おれかい」

船頭が首を伸ばして、茂次の方に顔をむけた。歳は三十がらみであろうか。丸

顔で、陽に灼《や》けた浅黒い肌をしていた。

「手間をとらせて、すまねえが、訊きてえことがあってな」

「何が訊きてえ」

船頭の声も大きかった。

「吉浜ってえ料理茶屋を知ってるかい」

「ああ、この辺りで吉浜を知らねえやつはいねえよ」

船頭は船底に敷いた茣蓙の上に胡座《あぐら》をかいた。

「吉浜の包丁人の梅七が殺されたんだが、知ってるかい」

「知ってるよ」

船頭はそう答えたが、すぐに、

「親分さんかい」

と訊いて、不審そうな顔をした。茂次を岡っ引きと思ったのかもしれない。

「そうじゃァねえ。実はな、おれは梅七と懇意にしてたんだ。それが、殺されたと聞いてな。何があったのか、知りてえんだ。吉浜の奉公人に訊いてみたんだが、梅七がどうして殺されたのか分からねえ」

「……」

船頭は黙って茂次に目をむけている。

「それでな、この辺りのことにくわしい者に訊いたら分かるんじゃァねえかと思ったのよ。おれが言うのもなんだが、梅七はひとに恨まれるようなやつじゃァなかったんだ」

茂次が、もっともらしい顔をして言いつのった。頭のなかで考えておいた作り話である。

「おれも、梅七のことは知ってるが、恨まれるようなやつじゃァなかったな」

船頭の顔から不審そうな表情が消えた。茂次の話を信じたようである。

「それでな、せめて、梅七が殺されたわけだけでも知りてえのよ。おれが、聞いたことによると、下手人は三人組とのことだ。そのなかに、牢人もいたそうだよ。いってえ、梅七の身に何が起こったんだ」

茂次が、悲憤の声で言った。

「下手人は三人だったと、おれも聞いたぜ」

船頭の声にも、悲憤のひびきがくわわった。茂次の話に乗ってきたようだ。

「梅七を殺った三人はだれか、おめえ、知らねえかい」

「知らねえなァ」

船頭は首をひねった。

「通りすがりの者じゃァねえはずだ」

「そういやァ、梅七が殺される三日前《めえ》の昼過ぎ、うろんな男が梅七の後ろを歩いているのを見かけたな」

船頭によると、その男は遊び人ふうだったという。そのとき、梅七は大川端の道を吉浜の方へむかって歩いていた。吉浜に行く途中だったらしい。遊び人ふうの男は、梅七の跡を尾《つ》けているようにも見えたので、船頭は気になっていたそうだ。

「どんな男だい」

茂次は、三人組のひとりかもしれないと思った。

「大柄でな、赤ら顔の男だったぜ。年恰好は、三十がらみかな」

船頭が首をひねりながら言った。はっきりしないらしい。

「そいつは、ひとりだったのかい」

「おれが見かけたのは、ひとりだけだ」

「……………」

遊び人ふうのうろんな男というだけでは、探りようもなかった。

「ところで、吉浜だが何か揉め事はなかったのか」

茂次は、話を吉浜に変えた。今度の殺しには、吉浜がかかわっているような気がしたのだ。

「あるよ」

すぐに、船頭が答えた
「やっぱりな。それで、どんな揉め事だ」

茂次は身を乗り出すようにして訊いた。

「揉め事といっても、客商売の店ならめずらしいことじゃァねえ。……まァ、商売敵との揉め事だな」

「商売敵というと」

「松波屋《まつなみや》だよ」

「松波屋……」

茂次は松波屋を知っていた。もっとも、柳橋でも名の知れた料理茶屋というだけで、店に入ったこともなければ、あるじの名も知らなかった。

「松波屋は吉浜と張り合っていてな。ちかごろ、吉浜が松波屋の馴染み客をとったとかで、揉めたそうだ。……よくある話よ」

船頭によると、松波屋は名の知れた店ではなかったが、ここ数年の間に店を何度かひろげ、柳橋でも三本指に入るほどの大きな店になったという。また、吉浜はむかしからある老舗《しにせ》で、客筋もいいそうだ。

「揉めたというと、何かあったのか」

「おれの聞いた話だと、松波屋の若い衆が吉浜におしかけて、あるじを脅したそうだ」

「脅したというと？」

「なに、若いのが吉浜に押しかけ、すぐに店をたたまねえとただじゃァおかねえ、と言って、脅し文句を並べただけのようだ」

「脅し文句をな」

茂次は、商売敵とはいえ料理屋らしくないやり方だと思った。まるで、やくざ者の脅しのようである。

「それで、吉浜は店をたたむ気になったのか」

「とんでもねえ。そんな脅しで店をたたむようじゃァ、柳橋で商売はやっていけねえよ」

船頭が声を大きくして言った。

「そうだな」

ただ、茂次はただの脅しではないような気がした。その後、吉浜の包丁人の梅七が殺されているのだ。その揉め事とつながっているのではあるまいか。

茂次はさらに松波屋のことを訊いてみたが、知れたのはあるじの名が藤兵衛《とうべえ》で、女将《おかみ》がおれんということぐらいで、梅七殺しにつながるような話は聞けなかった。

「邪魔したな」

茂次は船頭に礼を言って、桟橋から離れた。

三

「華町、いるか」

戸口で菅井の声がした。

朝めしの後、源九郎は座敷で茶を飲んでいた。今朝、めしを炊くのが面倒だったので、源九郎は朝めしを抜き、茶でも飲んで我慢するつもりだった。そこへ、斜《はす》向かいに住む助造《すけぞう》の女房のお熊が、あまっためしを握りめしにしてとどけてくれたので、遅い朝めしを食ったところである。

「いるぞ」

源九郎が声をかけると、すぐに障子があいた。めずらしく、菅井は将棋盤ではなく飯櫃《めしびつ》をかかえていた。

「朝めしが余ったのでな。握りめしにしてきた」

菅井は飯櫃を抱えたまま土間に立った。

「朝めしは、食ったところだ」

どういうわけか、今朝は握りめしに縁があるようだ。

「なんだ、食ったのか」

菅井が残念そうな顔をした。

「お熊が、握りめしを作ってきてくれてな。……まァ。上がれ。茶を淹《い》れよう」

そう言って、源九郎は立ち上がった。湯が沸いていたので、すぐに茶は淹れられる。

源九郎は鉄瓶の湯を急須《きゅうす》につぎ、湯飲みといっしょに手にして座敷に上がってきた。

「握りめしはいくつある」

急須で茶をつぎながら、源九郎が訊いた。

「ふたつだ」

「まだ、腹に入るからひとつもらおうか」

「おれも、ひとつ食う」

そう言って、菅井が飯櫃の蓋をとった。

大きな握りめしがふたつ並んでいた。小皿に、切ったたくあんまで載せてあった。菅井は几帳面《きちょうめん》なところがあって、朝めしはきちんと炊くし、菜や汁も用意するのだ。

「仕事には行かないのか」

源九郎が訊いた。

今日は天気がよかった。両国広小路に居合の見世物に出かけてもいいはずである。

「仕事に行くのは気が引けてな。……孫六までが張り切って連日歩きまわっているではないか。おれだけ何もしないで、仕事に行くわけにはいかんのだ」

そう言って、菅井はたくあんをぽりぽりと噛んだ。

「おれも、何もしておらんぞ」

源九郎の家に菅井たちが集まってどうするか相談し、益吉を殺した下手人をつきとめてお縄にするということで話はまとまったが、その後、源九郎は何もしていなかった。

「仕事に行く気はせんし、かといって、将棋を指すのもな」

菅井は困惑したような顔をして、握りめしに手を伸ばした。

「まァ、のんびり将棋を指しているわけにはいかんな」

源九郎も、握りめしに手を伸ばした。すでに、握りめしを食った後だが、ひとつぐらい食べられるだろう。

ふたりが、そんな話をしていると、戸口に走り寄る足音がした。

「華町の旦那！」

という茂次の声がし、ガラリと腰高障子があいた。

「どうした、茂次」

源九郎が訊いた。茂次はひどく慌てていた。何かあったらしい。

「ま、また、殺られた！」

茂次が声をつまらせて言った。

「だれが、殺られたのだ」

「彦次郎でさァ」

「彦次郎だと」

源九郎が、知らない名だった。

「吉浜の包丁人でさァ」

「なに！」

思わず、源九郎が声を上げた。梅七につづいて、吉浜の包丁人が殺されたことになる。

「場所はどこだ」

菅井が訊いた。

「柳橋でさァ」

茂次によると、柳橋の大川端だという。今朝、聞き込みに出かけようとして竪川沿いの通りまで出たとき、ぼてふりが魚を買いに来た女房と話しているのを耳にし、柳橋まで行って見てきたそうだ。

「ともかく、旦那たちに知らせようと、すぐに帰《けえ》ってきたんでさァ」

「行ってみよう」

源九郎は、手にしていた食べかけの握りめしを飯櫃に置いて立ち上がった。菅井もすぐに腰を上げた。

「あっしが案内しやすぜ」

すぐに、茂次が戸口から出た。

源九郎たちは、長屋の路地木戸を出ると小走りに竪川沿いの通りにむかった。

竪川沿いの通りは朝陽が満ち、その眩《まばゆ》いひかりのなかを通行人が行き交っていた。いつもの見慣れた光景である。

三人は両国橋を渡り、賑やかな西広小路を抜けて神田川にかかる柳橋を渡った。

しばらく大川沿いの通りを川上にむかって歩くと、茂次が、

「あそこですぜ」

と言って、前方を指差した。

川端に人だかりができていた。通りがかりのぼてふり、船頭、職人らしい男、それに、岡っ引きらしい男も何人かいた。

「旦那、栄造親分もいやすぜ」

茂次の言うとおり、人だかりのなかに諏訪町の栄造の姿があった。栄造は足元の叢《くさむら》に目をむけている。そこに、死体が横たわっているらしい。

「どいてくれ」

茂次が人垣を押し分けるようにして前に出た。

思ったとおり、栄造の足元に男がひとり仰向けに倒れていた。着物の胸のあたりが、どす黒い血に染まっている。

「伝兵衛店の旦那たちですかい」

栄造が振り返って言った。はぐれ長屋とは言わなかった。人前で、はぐれ長屋とは言えなかったのだろう。

「通りすがりでな。死骸《ほとけ》を見せてもらってもいいかな」

源九郎は穏やかな物言いをして、栄造に近寄った。菅井と茂次も、源九郎につづいた。

「かまいませんよ」

栄造はすこし脇に移動した。

男は目をひらき、口をあんぐりあけたまま死んでいた。あけた口から前歯が覗いている。二十代半ばと思われる痩せた男だった。格子縞の単衣に角帯姿である。

「胸を突かれたようだ」

菅井が小声で言った。

死体の胸から腹にかけて、血に染まっていた。下手人は刃物で胸を刺して殺したようだ。他に傷はないので、一撃で仕留めたのだろう。

「この男は？」

源九郎が栄造に訊いた。茂次から、吉浜の包丁人の彦次郎だと聞いていたが、確かめたのである。

「彦次郎。吉浜の包丁人でさァ」

栄造がけわしい顔をして言った。おそらく、栄造も亀楽で殺された梅七とつながりがあるとみているのだろう。

連続して、吉浜の包丁人がふたり殺されたことになる。辻斬りや追剝《おいは》ぎの殺しとは、みていないだろう。

「下手人は？」

源九郎が訊いた。

「まだ、分かりません」

栄造によると、半刻（一時間）ほど前、手先から話を聞いてここに駆け付けたそうだ。

殺された男が吉浜の包丁人だと分かったのも、この場にいた船頭から話を聞いてからだという。

「殺されたのは、昨夜か」

源九郎は、血がどす黒くなっているので昨夜とみたのである。

「四ッ（午後十時）過ぎかもしれやせん」

彦次郎は吉浜の板場を出た後、この場を通りかかって殺されたようです、と栄造が言い添えた。


　源九郎たちが、そんな話をしているところに、孫六が平太を連れて駆け付けた。孫六は顔を赭黒《あかぐろ》く染め、苦しそうに荒い息を吐いていた。よほど急いで来たらしい。一方、平太はわずかに顔を紅潮させていたが、汗もかいていなかった。それけろりとしている。若いだけあって、走っても体にはこたえないのだろう。それに、すっとび平太と呼ばれているとおり、足は速そうだった。

「や、殺られたのは、吉浜の包丁人ですかい」

荒い息を吐きながら、孫六が源九郎に訊いた。

「そのようだ」

「だ、旦那、梅七殺しと、つながってやすぜ」

孫六が声をつまらせて言った。

「そうみていいな」

同じ店の包丁人がつづけて殺されれば、だれでも同じ筋だと思うだろう。

「こりゃァ、でけえ事件だ」

孫六が目をつり上げて言った。

四

両国広小路からすこし大川の下流に歩くと、薬研堀《やげんぼり》にかかる元柳橋があった。この橋は柳橋と呼ばれていたのだが、神田川の河口にかかる橋が柳橋と呼ばれるようになったため、元柳橋になったとか――。

元柳橋のかかる薬研堀沿いにも、料理屋や料理茶屋などが多く集まり、大変な賑わいを見せていた。その薬研堀沿いに鶴乃屋《つるのや》という老舗の料理屋があった。

鶴乃屋の二階の座敷に、源九郎と菅井、それに恰幅《かっぷく》のいい町人がふたりいた。

町人のひとりは、吉浜のあるじの清左衛門《せいざえもん》だった。歳は五十がらみ。唐桟《とうざん》の羽織に細縞の小袖、渋い路考茶《ろこうちゃ》の角帯をしめていた。いかにも、料理屋のあるじといった感じである。

もうひとりは小柄で痩せていたが、やはり羽織は唐桟だった。こちらは、鶴乃屋のあるじの徳兵衛《とくべえ》である。

源九郎たちの膝先には酒肴《しゅこう》の膳が用意されていた。

「ともかく、喉をお湿しくだされ」

そう言って、清左衛門が銚子を取った。

「すまんな」

源九郎が杯をとった。

源九郎につづいて菅井も酒を受け、杯をかたむけて飲み干すと、

「栄造親分から、華町さまたちのことをお聞きしていましてね。何とか助けていただきたいと思い、お越しいただいたのです」

と、清左衛門が切り出した。

清左衛門の顔には、苦悩の濃い翳《かげ》が張り付いていた。

吉浜の包丁人、彦次郎が何者かに殺されてから五日経っていた。昨日、吉浜から源九郎の許に使いが来て、あるじの清左衛門がお会いして相談したいことがあるので、鶴乃屋に来ていただけないかとの話があった。その使いに、源九郎が、なぜ吉浜ではなく鶴乃屋にしたのか訊くと、吉浜では源九郎たちと会ったことがすぐに知れるので、鶴乃屋にしたという。また、鶴乃屋は清左衛門の女房の実家

ということもあって、とりわけ親しくしているそうである。

「わしらは、見たとおりの牢人でな。何もできんよ」

源九郎が恐縮したように言った。

菅井は黙したまま他人事《ひとごと》のような顔をして、杯をかたむけている。

「いえいえ、華町さまたちが、これまでどのようなことをなさってきたか、よく存じております。……それに、ただでお願いするつもりはございません。相応のお礼をさせていただきます」

清左衛門の物言いはやわらかかったが、顔はこわばり、肩先がかすかに震えていた。清左衛門は、源九郎たちがはぐれ長屋の用心棒と呼ばれ、相応の礼金を得て事件や揉め事の解決にあたっていることを知っているようだ。

「それで、わしらに何をせよと言うのかな」

源九郎が声をあらためて訊いた。

「おふたりは、すでにうちの店の包丁人だった梅七と彦次郎が、何者かに殺されたことはご存じかと思います」

「知ってはいるが、噂を耳にしただけだ」

「華町さま、菅井さま、このままでは吉浜はつぶれます。何とか、お助け願えないでしょうか」

そう言って、清左衛門が畳に両手をついて頭を下げると、徳兵衛も同じように頭を下げた。

「おふたりとも、頭を上げてくれ。ともかく、話をうかがいましょう」

源九郎が慌てて言った。

「実は、梅七と彦次郎は腕のいい包丁人でございまして、ふたりの料理が目当てで店にいらっしゃる客もすくなくなかったのです。そのふたりが、あいついで殺され、吉浜には包丁人がいなくなりました」

「それで」

「何とか、鶴乃屋の包丁人をひとりまわしていただき、急場を凌《しの》ぎたいと思っていますが、いまのままでは不安でなりません。新しく来てもらった包丁人が、また殺されるかもしれませんし……」

「うむ」

清左衛門の懸念はもっともである。たてつづけにふたり殺されたとなると、三人目も殺されるのではないかと思って当然である。

「それで、下手人の見当はついているのか。聞くところによると、包丁人を殺した下手人は三人組だったとか」

源九郎が訊いた。

「それが、分からないのです」

「何か思い当たることがあるのではないかな。下手人の三人組は、追剝ぎや辻斬りの類ではないようだ」

ふたりの包丁人は、吉浜にかかわることで殺された、と源九郎はみていた。

「思い当たることと、訊かれましても……」

清左衛門は、困惑したように顔をゆがめた。

「松波屋と何か揉め事があったと聞いているがな」

源九郎が水をむけた。茂次から、吉浜が松波屋の若い衆に脅されたという話を聞いていたのである。

「よくご存じで」

清左衛門が驚いたような顔をした。源九郎が、そこまで知っているとは思わなかったのだろう。

「ともかく、話してみてくれ」

松波屋との確執がふたりの包丁人殺しとつながっているかどうか、いまのところはっきりしなかった。

「ちかごろ、松波屋さんを贔屓《ひいき》にしていたお客さまの何人かが、うちの店にみえられるようになりました。松波屋さんは、うちの店の者がお客さまたちにあらぬことを吹聴したせいだと言い掛かりをつけてきたのです」

「あらぬこととは」

　さらに、源九郎が訊いた。

「松波屋では、傷んだ物や客の食べ残しを料理し直して出す、とお客さまたちに吹聴したというのです。……うちの店の者が、そんなことを言うはずはございません」

　清左衛門が声を強くして言った。

「うむ……」

　源九郎は、悪口にしても露骨過ぎると思った。料理茶屋に勤める者が、他の料理茶屋の料理に対し、そこまであからさまに言うはずはない。聞いた客は、不快に思うだけであろう。

「それで、店に来た松波屋の若い衆は何と言ったのだ」

「はい、すぐに店をしめろと強要しましたので、そんなことはできないと言って、帰ってもらいました」

「その男は、おとなしく帰ったのか」

「いえ、嫌でもすぐに店をしめることになる、と捨て台詞《ぜりふ》を残して帰りました」

「店をしめることになるとな」

源九郎の胸に、ふたりの包丁人を殺したのは、その言葉を実行したのではないか、との思いがよぎった。吉浜の料理を作っている包丁人がいなくなれば、店をしめざるを得なくなるではないか。

「梅七と彦次郎が殺されたのは、松波屋さんとのかかわりがあるのでしょうか」

清左衛門が小声で訊いた。心の内でそう思っていても、迂闊《うかつ》に口外できないのだろう。

「まだ、何とも言えんな」

源九郎も、商売上の確執があったとしても人殺しまでするとは思えなかったのだ。

源九郎が口をつぐんで思案していると、

「店に来た若い衆だが、名は分かるか」

と、菅井が訊いた。

「分かります。……長五郎《ちょうごろう》という男です」

長五郎は松波屋に出入りしており、歳は二十歳前後、浅黒い顔をした目の細い男だという。

「そいつに訊いてみれば、はっきりするだろう」

菅井が杯を手にしたまま低い声で言った。

五

その夜、源九郎と菅井は、茂次、孫六、三太郎を源九郎の家に集めた。

源九郎が茂次たち三人に清左衛門たちとの話をかいつまんで伝えた後、

「これを見てくれ」

と言って、懐から袱紗《ふくさ》包みを取り出して膝先に置いた。

「百両ある」

源九郎は男たちの見ている前で袱紗包みを解いた。切り餅が四つあった。ひとつが二十五両、都合百両である。

「ひゃ、百両！」

孫六が、目を瞠《みひら》いて声を上げた。茂次と三太郎も、驚いたような顔をして切り餅に目をむけている。

「清左衛門からだ。礼金の半分だそうだよ」

清左衛門は源九郎たちとの話が済むと、袱紗包みを取り出し、礼金の半分だと言って源九郎に渡したのである。

「半分！　てえことは、事件の始末がつけば、あと百両ですかい」

孫六が身を乗り出して訊いた。

「そういうことになるな」

「あ、ありがてえ。これで、当分酒代の心配はねえ」

孫六が目を細めて言うと、

「おい、とっつァん、酒代はいらねえんだぜ。忘れたのかい。亀楽なら酒がただで飲めるんだ」

茂次が声を大きくして言った。

「そうだった、そうだった。……どうすりゃァいいんだい。酒はただで飲み放題だし、使いきれねえほどの金もある」

孫六が嬉しそうな顔をして、集まっている男たちに目をやった。

「よかったな」

菅井が他人事《ひとごと》のような顔をして言った。

「ともかく、金を分けよう」

源九郎は、これまでどおり五人で等分に分けるつもりだった。ひとり頭、二十両ということになる。

源九郎は切り餅の紙を破り、それぞれに百枚ずつつつんである一分銀を五等分にして、五人の膝先に置いた。

「ヘッヘヘ……。茂次、三太郎、これで、女房にもでけえ面《つら》ができるな」

孫六が、巾着《きんちゃく》に一分銀を入れながら言った。茂次と三太郎にはまだ子がなく、女房とふたり暮らしであった。

「とっつァんも、おみよさんに銭をせびらずに済むな」

茂次が言った。

「せびるどころか、おみよと富助に着物でも買ってやるつもりよ」

孫六が、胸を張って言った。

孫六と茂次のやり取りを聞いていた源九郎は、話がそれてきたと思い、

「金の使い道は後にして、わしらは益吉たちを殺した下手人をつきとめねばな」

と、たしなめるように言った。

のだ。

「まず、松波屋を探ってもらいたい」

源九郎は、松波屋がふたりの包丁人殺しに何かかかわっているような気がした

孫六が慌てて一分銀を入れた巾着を懐にねじ込んだ。

「おお、そうだった」

「承知しやした」

孫六が目を細めて言った。まだ、嬉しそうな顔をしている。

「それからな、長五郎だ。どんな男か知りたい。包丁人殺しにかかわっているようなら、捕らえて話を聞き出す手もある。……いいか、無理をするなよ。三人組はわしらが包丁人殺しを探っていると知ったら、命を狙ってくるかもしれんぞ」

ふたりの包丁人を殺した三人組は、平気で人を殺す残忍な男たちにちがいない、と源九郎はみていた。亀楽に居合わせた益吉やお峰を殺すおりも、躊躇《ちゅうちょ》しなかったのではあるまいか。

「油断はしねえ」

茂次が低い声で言うと、孫六と三太郎も顔をけわしくしてうなずいた。

翌日から、茂次、孫六、三太郎の三人は柳橋界隈《かいわい》に散って、松波屋と長五郎のことを探り始めた。

五日ほど探ると、松波屋の様子がだいぶ知れてきた。これまで話を聞いていたとおり、柳橋でも吉浜と肩を並べる大きな料理茶屋のようだ。ただ、客筋は職人の親方、小店の旦那、大工の棟梁などが主で、吉浜のように大身の旗本や富商、大名の留守居役などの上客はすくないという。そうしたこともあって、松波屋は数少ない富裕な上客が吉浜に流れたことで危機感を抱いたのかもしれなかった。

ただ、長五郎のことはまったく知れなかった。長五郎が松波屋に出入りしていたことは分かったのだが、ちかごろは姿を見せないという。松波屋の女中や近所の者から聞いたのだが、長五郎がなぜ吉浜を脅したのか分からなかった。それに、長五郎の塒《ねぐら》を知る者もいなかった。

「長五郎は消えちまったようですぜ」

茂次が、困惑したような顔をして言い添えた。

「おれたちが、探っていると気付いて姿を消したのかもしれんな」

源九郎は、そうとしか思えなかった。

「それに、ちょいと、気になることを耳にしたんですがね」

茂次が、声をひそめて言った。

「なんだ、気になることとは」

「松波屋の女将でさァ」

茂次によると、松波屋の女将はおれんといい、五年ほど前、あるじの藤兵衛の女房が死んで後釜に据わったという。藤兵衛が年寄りだったこともあり、いまはおれんが松波屋を仕切っているそうだ。

「おれんですがね。どこかに情夫《おとこ》がいるらしく、出合茶屋あたりでひそかに逢ってるんじゃァねえかという者もいやした」

「それで、情夫が何者なのか知れたのか」

源九郎が訊いた。

「それが、まだでさァ」

「茂次、長五郎とおれんをもうすこし探ってみてくれ」

源九郎は、長五郎とおれんが包丁人殺しにかかわっているような気がした。

六

「平太、おめえは口を出すなよ」

孫六が、けわしい顔をして言った。

「へい、親分にまかせておきやす」

そう言って、平太が神妙な顔をした。

八ッ（午後二時）ごろだった。孫六と平太は、日本橋米沢町へ行くつもりで長屋を出るところだった。

米沢町の横町で、権造《ごんぞう》という男が飲み屋をやっていた。権造は若いころ薬研堀界隈で幅をきかせていた地まわりである。いまは、老齢のため、小体な飲み屋をひらいていた。

孫六は権造に話を聞けば、長五郎やおれんのことが知れるのではないかと踏んだのである。

「そろそろ行くか」

孫六たちは、はぐれ長屋の路地木戸から出て竪川沿いの道へ足をむけた。

孫六が先にたち、平太は手先らしく神妙な顔をして跟《つ》いてきた。親分子分というより、歳が離れ過ぎていることもあって祖父と孫のように見えた。そういえば、ふたりとも丸顔で、浅黒い肌をしている。

竪川沿いの通りには、初夏の陽射しが満ちていた。その眩いひかりのなかを通行人が行き交っている。

「親分、兄いを殺ったのは、だれですかね」

両国橋の方へ歩きながら平太が訊いた。平太が知りたいのは、兄の益吉を殺した男なのだ。三人組のなかのひとりとは分かっていたが、まだ名も知れなかった。

「平太、焦っちゃァいけねえぜ。いまに、きっと見えてくる。それまで、辛抱強く探るんだ」

孫六が岡っ引きらしい物言いをした。孫六にすれば、岡っ引きだったころの自分にもどったような気がしていたのかもしれない。

「益吉は、喧嘩の巻添えを食ったわけじゃァねえ。何人もが、かかわっているでけえ事件だ。焦らねえで、じっくりやらねえとな」

「へい」

平太がうなずいた。

そんなやりとりをしながら、孫六と平太は両国橋を渡り、橋の西詰の広小路を横切って、米沢町の表通りへ入った。

表通りをしばらく歩くと、孫六が、

「こっちだ」

と言って、右手にまがった。

そこは、小体なそば屋、飲み屋、小料理屋などが、ごてごてとつづく横町だった。けっこう賑やかな横町で、行き交う人の姿も多かった。

「たしか、店先に赤提灯《あかちょうちん》がぶら下がっていたな」

孫六は、路地沿いにつづく店に目をやりながら歩いた。

「親分、あそこに提灯のぶら下がった店がありやすぜ」

平太が、前方を指差して言った。

「あの店だ」

孫六が、声を上げた。見覚えのある提灯だった。

軒先に、くすんだ色の赤提灯がぶら下がっていた。「さけ」とだけ、大きな字で書いてある。

孫六は戸口の引き戸をあけた。店のなかは薄暗かった。土間に飯台がふたつ置いてあったが、客の姿はなかった。まだ、一杯やるには早いのかもしれない。奥にだれかいるらしく、床板を踏むような足音が聞こえた。

「だれか、いねえかい」

孫六が奥に声をかけた。

すると、草履《ぞうり》をつっかけるような音がし、土間の奥から小柄な男が姿を見せた。薄汚れた単衣を尻っ端折りし、手ぬぐいを肩にひっかけていた。老齢である。鬢《びん》や髷《まげ》は白髪だらけで、顔の皺も目立った。

「そこに、かけてくだせえ」

男がしゃがれ声で言った。愛想のない物言いである。

「権造、おれだよ。孫六だ」

孫六が照れたような顔をして言った。

「孫六だと」

権造は目を瞠いて孫六の顔を見たが、首をひねっている。思い出さないようだ。

「番場町の孫六だよ」

「ああ、番場町の親分か」

権造が声を上げた。思い出したらしい。

「久し振りだな」

「まったくだ。……いっしょにいるのは、お孫さんかい」

権造が、平太に目をむけて訊いた。

「おれの孫は、まだ三つだよ。……こいつは、岡っ引きになりてえと言って、おれについてきたのさ」

孫六にすれば、そう言うしかなかった。

脇に立っている平太が、首をすくめるように頭を下げた。

「番場町の、ずいぶん前《めえ》に御用聞きの足は洗ったと聞いてるぜ」

権造が腑に落ちないような顔をした。

「そのうち、こいつは諏訪町の栄造にでもあずけようと思っているのさ」

孫六は、益吉を殺した下手人をお縄にした後も、平太に岡っ引きになりたい気があるなら栄造に頼んでもいいと思っていた。

「それで、おれに何か用かい」

権造が声をあらためて訊いた。孫六たちが、酒を飲みに立ち寄ったのではないと気付いたらしい。

「おめえに訊きてえことがあってな。……その前に一杯、もらうか」

孫六は喉が乾いていた。酔わない程度に飲むなら、いいだろうと思ったのだ。

「まだ、煮染《にしめ》と漬物ぐれえしかねえぜ」

「酒がありゃァ肴《さかな》はなんでもいい」

孫六は目を細めた。

「すぐ、支度するぜ」

そう言い残して、権造は奥へ引っ込んだ。

いっときすると、権造は銚子と小鉢に入った煮染を運んできた。店には、権造しかいないようだった。小体な店だが、ひとりだけでやっているとは思えなかった。手伝いの者が、これから来るのかもしれない。

孫六はたてつづけに猪口《ちょく》で二杯飲んでから、

「川向こうの松坂町の飲み屋で、三人殺されたんだが、話を聞いてるかい」

と、切り出した。

「ああ、客の噂を耳にしたよ」

権造が顔をけわしくして言った。その顔に、幅を利かせていたころの地まわりらしい凄《すご》みがよぎったが、すぐに飲み屋のあるじの顔にもどった。

「殺されたひとりが、こいつの兄貴よ」

孫六が低い声で言った。

「そうなのかい」

権造は、孫六の脇に腰を下ろしている平太に目をやって眉宇《びう》を寄せた。

すると、平太が、

「兄いを殺した下手人を、お縄にしてえんでさァ」

と、語気を強くして言った。

「それでな、おめえに聞きてえことがあるのよ」

孫六が言い添えた。

「おれの知ってることは、何でも話してやるぜ」

権造は、平太に同情したようである。案外、心根のやさしい男なのかもしれない。

「下手人は三人だが、ふたりは遊び人ふうの男で、ひとりは牢人だ。おめえ、何か心当たりはねえかい」

孫六が切り出した。

「それだけじゃァ分からねえ」

「平気で人を殺せるやつらでな、柳橋の松波屋と何かかかわりがあるようだ」

「料理茶屋の松波屋か」

「そうだ」

「女将のおれんとつながってるのかもしれねえな」

権造が、首をひねりながら言った。推測だけで、はっきりしたことは分からないのだろう。

「女将のおれんが、どうしてつながってるとみたんだ」

孫六が身を乗り出して訊いた。

「おれんは、佃《つくだ》の久兵衛《きゅうべえ》の情婦《いろ》だったらしいんでな。そんな気がしただけだよ」

「佃の久兵衛だと！」

思わず、孫六の声が大きくなった。

佃の久兵衛は、孫六が岡っ引きだったころ何度も耳にした名である。久兵衛は佃島の生まれだったことから、そう呼ばれていた。

久兵衛は浅草、両国、神田辺りを縄張にしている親分で、高利貸しが本業だったらしいが、陰で賭場や女郎屋なども手掛けていた。ときには、富商の弱みに付け込んで、多額の金を脅し取るようなこともしていたらしい。ただ、久兵衛は陰で子分たちを動かし、まったく表に出なかった。そのため、当時岡っ引きだった孫六でさえ、久兵衛の住処《すみか》を知らなかったし、顔を見たこともなかった。

「久兵衛は松波屋とかかわりがあるのかい」

孫六が訊いた。

「分からねえ。おれは、おれんが久兵衛の情婦だったらしいと耳にしただけだ」

「うむ……」

孫六の顔がけわしくなった。

事件の陰に久兵衛がいるなら、はぐれ長屋の者たちだけでは太刀打ちできない、と思ったのである。

七

……あの男、長屋を見張っていたのか。

源九郎は、通りを足早に去っていく男の背に目をやりながらつぶやいた。

源九郎がはぐれ長屋の路地木戸を出たとき、向かいの店の脇に立っていた男と目が合うと、男は通りに出て足早に竪川の方へ歩きだしたのだ。

ずんぐりした体軀《たいく》で、肌の浅黒い、丸顔の男だった。棒縞の単衣を裾高に尻っ端折りしていた。遊び人ふうの男で、身辺に荒《すさ》んだ感じがあった。

……真っ当な男ではないようだ。

と、源九郎は胸の内でつぶやいた。

源九郎は、男が益吉や吉浜の包丁人を殺した三人組とつながっているような気もしたが、男の後を追うわけにもいかなかった。

源九郎は男にかまわず、そのまま竪川沿いの通りへ出た。これから、深川今川《いまがわ》町《ちょう》にある小料理屋、浜乃屋《はまのや》に行くつもりだった。女将のお吟《ぎん》に逢って訊いてみたいことがあったのである。

もっとも、訊いてみたいというのは、お吟に逢うための口実でもあった。源九郎はお吟と情を通じた仲だったのだ。ただ、ちかごろは、懐が寂しかったこともあり、しばらくお吟と逢っていなかった。

源九郎は、吉浜の清左衛門から二十両もの金をもらったこともあり、久し振りにお吟の顔を見たくなったのである。

七ッ(午後四時)前だったが、浜乃屋の店先に暖簾《のれん》が出ていた。

戸口に立つと、店のなかからかすかに物音が聞こえたが、人声はしなかった。まだ、客はいないのかもしれない。

源九郎は、浜乃屋の格子戸をあけた。土間の先の客をいれる座敷に、お吟がいた。間仕切りの衝立を並べていたようだ。

「あら、旦那、いらっしゃい」

お吟が嬉しそうな声を上げた。

お吟は大年増《おおどしま》だったが、色白でしっとりした肌をしていた。前屈みで衝立を並べていたせいで、すこしはだけた襟元から胸の谷間が覗いていた。胸乳の白いふくらみが、何とも色っぽい。

「近くを通りかかったのでな」

源九郎が鼻の下を伸ばして言った。わざわざ、はぐれ長屋から出かけてきたのだが、そう言ったのである。

お吟は、すぐに源九郎のそばに身を寄せて腕をつかむと、

「どうして、来てくれなかったんですよ」

と、甘えるような鼻声で言った。

「い、いや、忙しくてな」

源九郎は目尻を下げて言った。

「傘張りが？」

お吟は、源九郎が傘張りを生業《なりわい》としていることを知っていた。

「傘張りではない。いろいろ頼まれたことがあってな」

「でも、いいの、来てくれたから」

お吟は、源九郎の腕に胸の膨らみを押しつけるようにして、奥の座敷がいいわね、と言って奥の座敷に連れていった。

奥の座敷といっても、ふだんお吟が使っている居間である。気心の知れた常連客だけ入れるのだ。

源九郎が奥の座敷に腰を落ち着けると、

「お酒で、いいんでしょう」

お吟が言い残し、すぐに板場にむかった。板場には吾助《ごすけ》という老齢の男がいるだけである。お吟は吾助とふたりだけで、浜乃屋をやっていたのだ。

源九郎がいっとき待つと、お吟が酒肴の膳を運んできた。肴は、酢の物と鰈《かれい》の煮付けだった。吾助の料理であろう。

「旦那ァ、一杯どうぞ」

お吟が鼻にかかった声で言い、源九郎のそばに膝を寄せて銚子をとった。

「おお、すまんな」

源九郎は目を細めて酒をついでもらった。

いっとき、源九郎はお吟の酌で猪口をかたむけた後、

「お吟、ちと訊きたいことがあるのだがな」

と、声をあらためて言った。

「なに？」

「柳橋にある料理茶屋の松波屋を知っているか」

店の大きさはまるでちがうが、似たような商売なので、噂ぐらいは耳にしているだろうと源九郎は思ったのだ。

「知ってますよ」

「おれんという女将は？」

「知ってますけど」

お吟はそう言うと、急に源九郎から身を離し、

「まさか、旦那、おれんさんといい仲になったわけじゃァないでしょうね」

と言って、口をとがらせた。

「ば、馬鹿なことを言うな。わしが、松波屋の女将といい仲になると思うか」

源九郎が声をつまらせて言った。

「無理か、旦那じゃァ」

お吟の顔からけわしい表情が消え、また身を寄せてきた。

……無理とは、どういうわけだ。

と源九郎は思ったが、渋い顔をしただけである。

「それで、おれんさんがどうしたの？」

お吟の方で訊いた。

「わしの知り合いがな。おれんに気があるようなのだが、あまりいい噂は聞かないのだ。それで、お吟におれんのことを聞いてみようと思ってな」

源九郎は、益吉や包丁人殺しのことまで言えなかったので、適当な作り話をしたのだ。

「あたしも、店にくるお客さんから聞いただけで、くわしいことは知らないのよ」

「噂でいい」

「あたしも、いい噂は聞いてないわね。……おれんさん、旦那が年寄りなのをいいことに、まるで自分の店のように振る舞ってるみたいですよ」

「わしも、そんな話を聞いている。ところで、おれんだが、松波屋の女将に収まる前は何をしていたのだ」

「それが、女郎だったらしいの」

お吟が、急に声を落とした。

「女郎だと」

「そう。松波屋の旦那が、おれんさんを気に入って身請けしたらしいのよ」

「どこの女郎だったのだ」

「店の名は聞いてないけど、浅草らしいわよ」

「浅草か」

「おれんには、情夫《おとこ》がいると聞いたのだがな」

「あたし、情夫のことは知らないけど……」

お吟は首を横に振った。

それから、源九郎は吉浜のことも訊いてみたが、探索に役立つような話は聞けなかった。

話が一段落して源九郎が口をとじたとき、

「旦那、おれんさんには近付かない方がいいわよ」

と、お吟が真面目な顔をして言った。

「どういうことかな」

「名は知らないんだけど、おれんさんの後ろに、怖い男がついてるって聞いたことがあるの」

「怖い男……」

そのとき、源九郎の脳裏に、佃の久兵衛のことがよぎった。孫六から話を聞いていたのである。

第三章　黒　幕

一

源九郎は土間の竈《へっつい》の前にかがんでいた。片襷《かただすき》をかけ、火吹竹を手にしている。めずらしく、竈に火を焚《た》き付けて飯を炊こうとしていたのだ。

暮れ六ツ（午後六時）すこし前だった。腰高障子はまだ明るかったが、座敷は薄闇につつまれていた。めしが炊き終わるころは、暗くなっているかもしれない。

……腰が痛いな。

源九郎は立ち上がって、腰を伸ばした。竈の前に屈み込んでいたので、腰が痛くなったのだ。

そのとき、戸口に走り寄ってくる足音が聞こえた。だれか、源九郎の家の方へ来るらしい。すぐに、腰高障子のむこうに足音が近付き、ガラリ、と障子があいた。顔を出したのは、孫六だった。

「だ、旦那！　長屋の留八《とめはち》がやられた」

孫六が荒い息を吐きながら言った。

「屋根葺《ふ》きの留八か」

はぐれ長屋に、屋根葺きをしている留八という男がいた。

「その留八で」

「殺されたのか」

「まだ、死んじゃァいねえ。動けねえほどの怪我をしたようでさァ。いま、長屋の男連中が戸板を持って行きやしたぜ」

「いったい、どうしたのだ？」

「だれにやられたか知らねえが、御竹蔵の脇の馬場近くで留八が唸《うな》ってるのを忠《ちゅう》助《すけ》が見つけて、長屋に知らせたらしいや」

忠助も長屋の住人で、大工の手間賃稼ぎだった。

「行ってみるか」

源九郎は、酔って転んだとか喧嘩とかではないような気がした。それに、馬場は近かった。

源九郎は燃え残りの薪を竈のなかに押し込み、火事の心配がないようにしてから孫六といっしょに戸口から外に出た。

井戸端まで行くと、何人かの男が路地木戸から駆け出そうとしている姿が見えた。女たちもいる。長屋の連中だった。留八のことを聞いて、家々から飛び出してきたのだろう。

男たちは、源九郎と同じように留八が傷を負って運ばれてくると知って馬場近くへ行こうとしているようだ。

その男たちにつづいて、源九郎と孫六も路地木戸をくぐった。

木戸の前の通りを御竹蔵にむかって一町ほど行くと、前方からやってくる数人の人影が見えた。男たちの声も聞こえた。ひどく慌てているような声である。

「旦那、忠助たちが留八を連れてきやすぜ」

と、孫六が言った。

前から来る男たちのなかに忠助の姿があった。男たちは戸板のような物を運んでいた。その上に横たわっているのが、留八らしい。

「茂次もいやす」

なるほど、茂次が戸板のそばにいた。

「留八はどうした！」

前を行く男たちのひとりが声を上げ、こちらにむかってくる一団の方へいっせいに駆けだした。

源九郎と孫六も走った。

戸板に横になった留八は、苦しそうな唸り声を上げていた。顔が血だらけだった。瞼が腫《は》れ、額や頬に青痣《あおあざ》があった。竹や棒のような物で打擲《ちょうちゃく》されたようだ。

源九郎が戸板のそばに行くと、

「ともかく、家へ運びやす」

茂次が言った。

留八は、母親のおたつとふたり暮らしだった。おたつは、家の前で蒼ざめた顔をして立っていたが、戸板で運ばれてきた留八の顔を見ると、

「留八！　死ぬんじゃァないよ」

と、金切り声を上げ、身を顫《ふる》わせて留八にすがりついた。

「おたつ、留八は怪我をしただけだ。死ぬようなこたァねえ」

茂次がおたつに声をかけた。

おたつのそばにいたお熊やおまつなど、長屋の女房連中が、おたつの後ろから肩先に手をやったり、声をかけたりして、留八にすがりついているおたつを引き離した。

座敷に布団を敷き、その上に留八を横にすると、

「ともかく、東庵《とうあん》先生に診《み》てもらおう。茂次、東庵先生を呼んできてくれ」

と、源九郎が頼んだ。

東庵は相生町に住む町医者だった。はぐれ長屋に住むような貧乏人も診てくれ、源九郎たち長屋の者は、重傷のおりに東庵を頼むことが多かった。

「承知しやした」

すぐに、茂次は戸口から飛び出していった。

源九郎はその場にいた孫六や忠助にも手伝わせて、留八の顔の傷を洗い、出血している場所には晒《さらし》を巻いてやった。顔だけでなく背や胸も打擲されたらしく、皮膚が切れて出血していたり、腫れや痣があった。それに、左足の踝《くるぶし》あたりが腫れていて、ひどく痛いようだった。留八によると、何人かの男たちに襲われたとき、逃げようとして足を捻《ひね》ったという。

半刻（一時間）ほどすると、茂次が東庵を連れてきた。

東庵は留八の顔や体の傷を見てから、ひどい箇所だけ金創膏《きんそうこう》を塗った布をあてがって晒を巻いた。また、腫れている左足の踝ちかくは厚く晒を巻き、

「たいしたことはない。まァ、しばらく動かさないことだな。そのうち、腫れも引くはずだ」

と静かな声で言って、座敷にいた者たちを安堵《あんど》させた。

おたつも安心したのか、よかった、よかった、と涙声でつぶやきながら、洟《はなみず》をすり上げている。

源九郎たちは東庵を送り出した後、あらためて留八の脇に座った。菅井の姿もあった。東庵が傷の手当をしているときに、菅井も留八の家にやってきたのだ。

「留八、何があったのだ」

源九郎が切り出した。ただの喧嘩ではないとみたのである。

「あっしにも、よく分からねえんだ」

留八が顔をしかめて言った。まだ、痛みがあるようだ。

「相手は何人だ」

源九郎が訊《き》いた。

「四、五人いやした。いきなり、青竹や棒を持ったやつらが暗がりから飛び出してきて、あっしを取りかこんだんでさァ」

留八の声に昂《たかぶ》ったひびきがくわわった。男たちに襲われたときのことが、よみがえったようだ。

「留八の知らない者たちか」

「へい」

「男たちは町人か」

「ひとりだけ、牢人ふうの男がいやした」

留八が話したことによると、とりかこんだ男たちは、いきなり手にした青竹や棒で留八を殴りつけたという。留八が左足を捻ったのは、そのときだそうだ。逃げられなくなった留八は両手で頭をおおって、その場にうずくまった。すると、殴るのをやめ、留八の前に立った男が、「おめえ、はぐれ長屋の者だな」と、確かめるように訊いたという。

どうやら、男たちは、留八が長屋の住人と睨《にら》んで襲ったらしい。それにしても、強引なやり方である。青竹や棒で留八を痛めつけてから、長屋の住人であることを確かめたのだ。

「それで、どうした」

源九郎は話の先をうながした。

「そいつが、華町の旦那や菅井の旦那のことをいろいろ訊きやした」

「なに、わしたちのことを訊いたと」

思わず、源九郎が聞き返した。

「へい」

男は、源九郎や菅井の名や生業《なりわい》、それに仲間の孫六たちのことも訊いたという。

「うむ……」

どうやら、留八を襲った男たちは、源九郎たち五人のことを聞き出すことが目的だったようだ。

そのとき、源九郎の脳裏に、浜乃屋に行こうとして路地木戸を出たとき、目にしたうろんな男のことがよぎった。

……あの男は、わしたちのことを探っていたのだ。

と、源九郎は気付いた。

おそらく、長屋を見張っていたときに留八を目にとめ、源九郎たちのことをしゃべらせるために襲ったのだろう。

源九郎は、益吉や包丁人を殺した一味にちがいない、と思った。とすると、三人組は他にも仲間がいることになる。

源九郎が虚空に視線をむけて黙考していると、

「何者か知らんが、長屋にまで手を出してきおったか」

と、菅井がけわしい顔をして言った。

二

「孫六、わしもいっしょに行こう」

源九郎は刀を手にして立ち上がった。

源九郎の家の土間に孫六と平太が立っていた。留八が男たちに襲われて怪我をした翌日である。

孫六が平太を連れて、源九郎の家に顔を出し、

「これからふたりで行って、百乃家《ものや》を探ってみやす」

と、声をかけた。

百乃家は浅草寺《せんそうじ》の門前ちかくの茶屋町にある女郎屋だった。孫六はおれんが松

波屋の女将《おかみ》に収まる前、百乃屋の女郎だったことをつきとめ、おれんの身辺を探ってみるつもりだったのだ。

「わしも、孫六たちばかりにまかせて、遊んでいるわけにはいかんからな」

源九郎はそう言ったが、内心孫六と平太のことが心配だったのだ。

留八は襲われたとき、源九郎と菅井だけでなく孫六たちのことも話していた。当然、三人組とその一味の者たちは、孫六のことも知ったはずである。三人組がたまたま亀楽に居合わせた益吉とお峰の命まで奪ったことを考えれば、孫六たちの命を狙ってもおかしくない。

「華町の旦那がいりゃァ、心強《こころづ》え」

孫六が照れたような顔をして言った。

源九郎たち三人は長屋の路地木戸を出ると、竪川沿いの通りに足をむけた。両国橋を渡り、浅草へむかうのである。

浅草茶屋町。浅草寺の雷門に通じる表通りは賑わっていた。大勢の参詣客や遊《ゆ》山《さん》客が行き交い、華やいだ雰囲気につつまれている。表通り沿いには茶屋、料理屋、料理茶屋などが並び、遊女屋や置屋なども目についた。

表通りをいっとき歩いたところで、孫六が路傍に足をとめ、

「旦那、そこの店が百乃家ですぜ」

と言って、斜向《はす》かいの店を指差した。

二階建ての店で、戸口が紅殻《ベンガラ》格子になっていた。戸口の脇に置いてある床几《しょうぎ》に若い衆が腰を下ろしていた。派手な弁慶格子の単衣《ひとえ》を尻《しり》っ端《ぱし》折《しょ》りし、豆絞りの手ぬぐいを肩にひっかけていた。妓夫《ぎゅう》である。

「どうしやす」

孫六が源九郎に訊いた。

通りの端に立っていると人目を引く。かといって、百乃家に入っておれんのことを訊くわけにはいかなかった。

「近所で聞き込んでみるより他に手はないな」

そう言って、源九郎は通りに目をやったが、話の聞けそうな店はなかった。大きな店が多く、どの店も客で賑わっていたので、百乃家のことを訊くのはむずかしいだろう。それに、何年か前に百乃屋で女郎をしていたおれんを知っている者は、すくないのではあるまいか。

「旦那、妓夫に訊いてみやすか」

孫六が言った。

「店先で聞くのか」

源九郎は百乃家の店先で聞くのは、まずいのではないかと思った。

「あっしが、ここに連れてきやすよ。銭を握らせれば、どうにでもなりまさァ」

孫六は脇にいた平太に、おめえも、ここにいな、と言い残し、百乃家の店先に足をむけた。

孫六は若い衆に近付くと、足をとめて店を覗くような恰好《かっこう》をして見せた。

「お、とっつァん、入《へえ》るのかい」

すぐに、若い衆が立ち上がり、孫六に身を寄せると、

「百乃家《うち》には、いい女《たま》がそろってるぜ。とっつァんのように、ちょいと元気のねえアレでも、奮い立たせてくれるぜ」

と、口元に薄笑いを浮かべて言ったが、「銭がねえと、だめだぜ」と、小声で言い添えた。

「銭はある」

「そうかい、そうかい。さァ、入ってくれ。……とっつァんは若《わけ》えのがいいのかな。それとも、しっとりした年増《としま》かい」

若い衆は揉《も》み手をしながら訊いた。孫六を客と思い込んでいるようだ。

「女を抱きに来たんじゃァねえんだ」

「なに、それじゃァ何しに来たんだい」

若い衆の顔から笑みが消えた。

「おめえさんに、おりいって聞きてえことがあってな」

そう言うと、孫六は手早く懐から巾着《きんちゃく》を取り出し、一分銀を一枚取り出して若い衆の手に握らせてやった。

「こいつは、すまねえ」

若い衆は一分銀を握りしめてニンマリした。若い衆にとって、一分銀は大金である。思わぬ実入りだったにちがいない。

「話を聞きてえのは、おれじゃァねえんだ。……あそこに、年配のお侍がいるな。あのお方が、聞きてえことがあるそうだ」

孫六は源九郎を指差して言った。

「あの年寄りかい」

若い衆が訝《いぶか》しそうな顔をした。年寄りの武士が、女郎屋にどんな用があるのかと不審に思ったのだろう。

「そうだ。手間はとらせねえ。いっしょに来てくんな」

「まァ、いいか。一分もらっちゃァ、話ぐれえ聞いてやらねえとな」

そう言って、若い衆は孫六についてきた。

孫六は若い衆を源九郎のそばに連れて行くと、

「旦那、話してくれるそうですぜ」

と言って、一歩後ろへ下がった。

「百乃家の者か」

源九郎がおだやかな声で訊いた。

「へい」

「実は、わしの知り合いの男の娘のことでな。聞きたいことがあるのだ」

「なんです？」

「数年前のことなのだが、わしの知り合いの男の妻女が重い病にかかったのだ。内証《ないしょ》が苦しいうえに薬代がかさんでな、どうにもならなくなった。それで、娘が身を売ったのだ」

源九郎は適当な作り話を口にした。

「よくある話で」

「その娘は百乃家にいたらしいのだが、身請けされてな、さる商家の隠居の世話になっておる。その娘だが、いま病気でな、家から出られぬ。それで、わしに、百乃家にいるおりに世話になった女《ひと》がいるが、その後どうしているか、浅草に出かけたおりに聞いてきてくれないか、と頼んだのだ」

ずいぶんまわりくどい話になったが、源九郎のような武士が女郎のことを訊くには、それらしい話をしなければ、相手は信じないだろう。

「世話になったのは、おれんさんという女《ひと》らしいのだ」

源九郎が言い添えた。

「おれんねえ」

若い衆は首をひねった。

「数年前のことなのでな、いまはいないかもしれん」

「松波屋のおれんかな」

若い衆は、分かったようだ。

「松波屋というと、柳橋の料理茶屋だな。おれんさんは、いまそこにいるのか」

すぐに、源九郎が訊いた。

「女将でさァ」

「松波屋の女将とな。それはまた、いい店の女将に収まったものだ」

源九郎が驚いたような顔をした。

「おれんさんは、いい紐《ひも》をつかんだからな」

若い衆の口元に薄笑いが浮いた。

「松波屋の旦那に身請けされたのだな」

「それもあるが、それより、強くて太い紐をつかんだんでさァ」

若い衆の顔に、やくざ者らしいすさんだ表情が浮いた。

「強くて太い紐とは、だれのことだ」

おれんには、松波屋のあるじとはちがう後ろ盾がいるのではないか。

「そいつは、言えねえよ。下手に口にすると、おれの首が飛んじまうからな」

若い衆が低い声で言った。

それから、源九郎が何を訊いても、若い衆はまともに答えなくなった。源九郎の問いに、何か探っているような気配を感じ取ったのかもしれない。

「まァ、おれんさんが松波屋の女将に収まったと聞いて、わしも安心したよ。手間を取らせたな」

そう言って、源九郎は若い衆を帰した。

人通りの多い通りに、それ以上立っているわけにもいかず、源九郎たちはひとまず長屋に帰ることにした。

来た道を引き返しながら、孫六が、

「旦那、強くて太い紐ってぇなァだれのことだと思いやす」

と、目をひからせて訊いた。

「分からんな」

「あっしは、佃の久兵衛と睨んだんですがね」

「佃の久兵衛だと」

源九郎が驚いたような顔をした。すでに、源九郎は孫六から久兵衛のことを聞いていた。江戸の闇世界の大物である。

「あっしの勘ですがね。百乃家も久兵衛の息がかかってるかもしれやせんぜ」

孫六が低い声で言った。腕利きの岡っ引きらしい凄《すご》みのある顔をしていた。

平太は殊勝な顔をして孫六を見つめている。

三

源九郎たち三人が駒形堂の前まで来たとき、

「旦那、栄造に訊いてみやすか」

と、孫六が言い出した。

「何を訊くのだ」

「浅草は、栄造の縄張《しま》ですぜ。栄造なら、百乃家のことも知っているはずでさァ」

「そうだな。腹もへったしな」

源九郎が脇を歩いている平太に、どうだ、腹はへらんか、と訊いた。

「腹の皮が、背中にくっつきそうだ」

平太が丸く目を瞠《みひら》いて声を上げた。そうした顔には、まだ子供らしさが残っている。

「旦那、喉も渇きやした」

そう言って、孫六が舌先で唇を舐《な》めた。どうやら、孫六は一杯やりたいらしい。

「よし、勝栄に寄っていこう」

諏訪町はすぐである。源九郎たちの足が急に速くなった。

勝栄の暖簾《のれん》をくぐると、板敷きの間で客がふたりそばをたぐっていた。職人ふうの男である。

孫六が奥に声をかけると、下駄《げた》の音がしてお勝が顔を出した。

お勝は源九郎の顔を見ると、

「華町の旦那、お久し振り」

と、笑みを浮かべて言った。お勝は源九郎とも顔見知りだったのだ。

「栄造はいるかい」

孫六が訊いた。

「いますよ。すぐ、呼びますから」

そう言って、お勝が板場にもどろうとすると、

「酒とそばを頼むぜ。三人前な」

孫六がお勝に声をかけた。

「はい、はい」

お勝は下駄を鳴らして板場にもどった。そのお勝と入れ替わるように、栄造が姿を見せた。孫六とお勝のやり取りが、耳に入ったらしい。

「華町の旦那、ごくろうさまで」

栄造は、源九郎が探索の途中で立ち寄ったとみたようだ。

「手間をとらせて、すまないな」

「なに、いまは手がすいているときでさァ」

そう言って、栄造は源九郎たちを板敷きの間に腰を下ろさせた。

源九郎たちが腰を落ち着けるとすぐ、ふたりの客が腰を上げた。そばを食い終えたらしい。

孫六はふたりの客が店から出るのを待ってから、

「ちょいと、訊きてえことがあってな」

と、声をあらためて切り出した。

「益吉や包丁人の殺しのことかい」

栄造の顔がひきしまった。

「まァ、そうだ。……茶屋町に百乃家ってえ女郎屋があるな」

孫六が訊いた。

源九郎は黙っていた。ここは孫六にまかせるつもりだった。平太も神妙な顔をして腰を下ろしている。

「百乃家なら知ってるぜ」

「あるじはなんてえ名だい」

「番場町の、百乃家が今度の事件と何かかかわりがあるのかい」

孫六にむけられた栄造の双眸《そうぼう》が、鋭いひかりを帯びた。

「はっきりしたことは分からねえが、百乃家にいた女郎のおれんがかかわってい
るとみてるんだ」

「おれんというと、松波屋の女将だな」

「そうだよ」

孫六が、吉浜と松波屋のかかわりから女将のおれんを洗っていることをかいつ
まんで話した。

「番場町の、いい読みだな」

栄造はそう言った後、

「百乃屋のあるじの名は市蔵《いちぞう》。佃の久兵衛の右腕だった男だ」

と、声をひそめて言った。

「なに、久兵衛の右腕だと！」

孫六が驚いたように目を剝《む》いた。

「番場町の、吉浜のふたりの包丁人を殺した裏で、佃の久兵衛が糸を引いてるん
じゃァねえのか」

栄造が低い声で言った。

「おれも、そう睨んでるんだ」

孫六がそう言ったとき、お勝が左手に銚子、右手に猪口《ちょく》と小鉢を載せた盆を持ってきた。小鉢のなかには、肴《さかな》の酢の物が入っている。

「先に、一杯やっててくださいな」

お勝はそう言って、銚子や小鉢を源九郎たちの膝先に並べた。

お勝が板場にもどり、孫六と源九郎が酒で喉を潤したのを見てから、栄造が、

「こいつは、根が深《ふけ》え事件だな」

と、つぶやくような声で言った。

「それでな、益吉や吉浜の包丁人を殺した三人組は、久兵衛の息のかかったやつらじゃァねえかとみたのよ」

孫六は、久兵衛の子分や用心棒のなかに三人組がいるのではないかとみていた。

「そうかもしれねえ」

「諏訪町の、久兵衛の子分で事件のことを知ってそうなやつはいねえかい。

……ひとり締め上げて、三人組のことを訊いてみてえんだ」

「そうだな。定次郎《さだじろう》がいいかな」

栄造によると、定次郎は数年前まで久兵衛が貸元をしていた賭場で、中盆をしていた男だという。いまは、その賭場もなくなり、定次郎が何をしているかは分からないそうだ。

「定次郎の塒《ねぐら》は分かるのかい」

「塒は分からねえが、つかまえることはできるかもしれねえ。阿部川町《あべかわちょう》の新堀川沿いに、小鶴《こづる》ってえ小料理がある。そこの女将が、定次郎の情婦《いろ》だ。その店に、ときおり定次郎が顔を見せると聞いてるんで、張り込めば押さえられるだろうよ」

「小鶴だな」

孫六が目をひからせて言った。

孫六と栄造の話がとぎれたとき、

「ところで、町方だが、どこまで探ったのだ」

と、源九郎が訊いた。当然、岡っ引きたちは、定廻り同心の村上の指図で益吉や包丁人たちを殺した下手人の三人組を追っているはずである。

「あっしらも、吉浜と松波屋が揉めていることはつかんでやしてね。松波屋に出入りするやつを洗ってるんですが、まだ三人組の正体はつかめねえんでさァ」

「そうか。……いずれにしろ、わしらも三人組と黒幕の正体が知れたら、栄造や村上どのには話すつもりだ。そのときは、町方に捕方をむけてもらうことになろうな」

源九郎は、町方の顔をつぶさないように気を使ったのである。それに、益吉たちを殺した三人組はともかく、背後で糸を引いているのが佃の久兵衛ということになれば、源九郎たち長屋の者だけでは太刀打ちできないだろう。

「承知しやした」

栄造がうなずいた。栄造にしても、益吉たちを殺した下手人をお縄にできれば、大変な手柄になる。

それから、源九郎たち三人は半刻（一時間）ほど酒を飲み、そばで腹ごしらえをしてから勝栄を出た。

夕陽が家並の向こうに沈み、西の空は血を流したような夕焼けに染まっていた。

四

浅草阿部川町。新堀川沿いの道を孫六と平太が歩いていた。

「親分、この辺りのはずですぜ」

平太が、道沿いの先に目をやりながら言った。

ふたりは、栄造から聞いた小料理屋の小鶴を探しに来たのである。

「歩きまわっても、埒《らち》が明かねえ。ここらで、訊いてみるか」

そう言って、孫六が通り沿いの店屋に目をむけた。

「親分、あそこに下駄屋がありやすぜ」

平太が前方を指差した。

見ると、半町ほど先に小体《こてい》な下駄屋があった。店先の台の上に、赤や紫など綺麗な鼻緒をつけた下駄が並んでいた。その店先にふたりの町娘が立ち、店の親爺らしい男と話していた。下駄を買いに立ち寄ったのだろう。

「下駄屋で訊いてみるか」

孫六と平太は、下駄屋に足をむけた。

ふたりが下駄屋の近くまできたとき、ふたりの町娘のうちのひとりが赤い鼻緒の下駄を親爺から受け取り、ふたりそろって店先から離れた。下駄を買ったのは、ひとりだけらしい。

親爺はふたりの娘の背を見送っていたが、きびすを返して店に入ろうとした。

「ちょいと、すまねえ」

孫六が親爺に声をかけた。

親爺は足をとめて振り返り、孫六たちを目にすると、店先にもどってきた。

「何かご用で」

親爺の顔に訝しそうな表情があった。下駄を買いにきた客とは思わなかったのだろう。

「この辺りに、小鶴ってえ小料理屋はねえかい」

孫六が訊いた。

「小鶴ねえ。……小料理屋はあるんだが、小鶴だったかどうか」

親爺は首をひねった。店の名を覚えていないらしい。

「小料理屋はあるんだな」

「はい。……ここから二町ほど行くと、川沿いに小料理屋がありますよ。まだ、ひらいてないはずですがね」

「行ってみるか」

孫六は、親爺に礼を言って店先から離れた。

二町ほど行くと、川沿いに小料理屋らしき店があった。店先に暖簾は出ていなかった。親爺が言ったとおり、まだひらいてないようだ。

「親分、掛け行灯《あんどん》に店の名が書いてありやすぜ」

平太が戸口に目をやって言った。

孫六は戸口に近付いた。なるほど、掛け行灯に「酒処、小鶴」とちいさく書いてある。

「この店だぜ」

「どうしやす」

「店に入って訊くわけにはいかねえ。しばらく、様子をみるしかねえな」

孫六と平太は小鶴の店先から離れた。

孫六は通り沿いに目をやった。小鶴の店先を見張れて、目に付かない場所はないか探したのである。

通りには、ぽつぽつ人影があった。通り沿いには、小体な店屋が並んでいる。空き地や笹藪《ささやぶ》などもあったが、小鶴の近くは店屋がつづいていて、身を隠すような場所はなかった。

「親分、あの石段はどうです」

平太が指差した。

そこは、桟橋につづく短い石段だった。ちょうど、川沿いに植えられた柳の陰になり、通りから目につかない場所になっている。

「あそこが、いいな」

孫六と平太は、桟橋につづく石段にむかった。新ちいさな桟橋で、猪牙舟《ちょきぶね》が三艘舫《もや》ってあるだけだった。桟橋に人影はなく、堀川の流れに、三艘の舟がゆらゆらと揺れている。

孫六と平太は、柳の影が落ちている石段に腰を下ろした。そこは西陽をさえぎってくれる上、通りからも身を隠すことができた。

陽は西の空にまわっていたが、まだ陽射しは強かった。八ツ半（午後三時）ごろであろうか。

「平太、長丁場になりそうだな」

孫六は、まず小鶴の客に話を聞いてみようと思っていた。定次郎のことは知らなくても、女将のことは知っているだろう。

「へい」

平太が殊勝な顔をしてうなずいた。

「ところで、平太、おっかさんはどうしてる」

孫六は、おしずのことが気になっていた。それというのも、数日前、娘のおみよから、おしずは益吉が殺された後、気落ちして寝込んでしまったと聞いていたからである。

「おっかさんは、ちかごろ起きられるようになりやした」

平太によると、おしずは長屋の女房連中に励まされたこともあって、いくぶん気を持ち直し、めしの支度や洗濯などもするようになったという。

「そいつは、よかった。……それで、おっかさんは、おめえが御用聞きになることを何て言ってるんだい」

孫六は、そのことも気になっていた。

「おれの好きにしていいが、危ない目に遭《あ》うようなことだけはやめてくれって、顔を合わせる度に口にしやす」

「おしずさんにすれば、身内はおめえだけになっちまったからな」

「へえ……」

平太が肩をすぼめ、視線を膝先に落とした。

「平太、おめえに言っておくがな、御用聞きじゃァ食っていけねえんだぜ。栄造だって、女房とふたりでそば屋をやって食ってるんだからな」

孫六は、源九郎から二十両もらったが、そのうちの三両だけ平太に渡してあった。益吉が死に、平太とおしずが暮らしていくには、金がいるだろうと思ったからである。ただ、こうした金は特別で、めったに渡すことはできない。孫六としては、当てにされても困るのだ。

「……」

「おめえには、鳶《とび》の仕事があるな」

「へい、でも、いまは休んでいやす」

平太が困ったように眉宇《びう》を寄せた。

「いいか、今度のことが片付いたら、また鳶の仕事にもどるんだぞ。おめえが、どうしても御用聞きになりたかったら栄造に話してやるが、初めは手先だ。銭は当てにできねえ。おっかさんとふたりで暮らしていくには、鳶をつづけるしかねえんだ」

孫六がもっともらしい顔をして言った。

「……分かりやした」

平太が神妙な顔をしてうなずいた。

そのとき、小鶴の戸口の格子戸があいて、女が出てきた。年増である。手に暖簾を持っている。

「おい、店をひらくようだぞ」

女は店先に暖簾をかけていた。慣れた手付きである。女は暖簾をかけ終えると、すぐに店にもどった。

「あれが、女将ですかね」

平太が小声で言った。

「そのようだ」

孫六は女将だろうと思った。女将なら、定次郎の情婦《いろ》ということになる。

五

暮れ六ツ（午後六時）の鐘が鳴って、小半刻（三十分）ほど過ぎた。孫六と平太のいる樹陰は、淡い夕闇につつまれていた。

西の空の黒ずんだ夕焼けが新堀川の川面《かわも》に映じ、にぶい茜色《あかねいろ》に染まっていた。すこし風があった。川岸に繁茂した蘆荻《ろてき》がサワサワと揺れている。川沿いを行き来する人影もすくなくなり、ときおり居残りで仕事をしたらしい職人、酔客、屋台を担いだ夜鷹そば屋などが通り過ぎていく。

孫六と平太は、小鶴の店先に目をやっていた。一刻(二時間)ほど前から、客らしい男がふたり、三人と店に入っていったが、出てくる者はいなかった。

「なかなか出てこねえなァ」

平太が生欠伸《なまあくび》を噛み殺して言った。張り込みに飽きてきたらしい。それに、腹もへってきたのだろう。

孫六たちは、店から出てきた客をつかまえて話を聞こうと思っていたのだ。

「もうすこしの辛抱だよ」

孫六は、そろそろ店から客が出てくるころだとみていた。

それから小半刻(三十分)ほどしたとき、

「お、親分! 出てきた」

平太が声を上げた。

小鶴の店先から出てきたのは、職人ふうの男だった。三十がらみと思われる小柄な男である。

男は戸口まで見送りに出てきた女将に、何やら声をかけてから店先を離れた。新堀川沿いの道を東本願寺の方へ歩いていく。男の足元がすこしふらついていた。酔っているのだろう。

女将は男が店先から離れると、すぐにきびすを返して店に入ってしまった。

「平太、行くぞ」

孫六は石段を上がって、川沿いの通りへ出た。平太は跳ねるような足取りで後ろから跟《つ》いてきた。

ふたりは小走りに、前を行く職人ふうの男を追った。

「ま、待ってくれ」

孫六が男の後ろから声をかけた。

「おれか……」

男は足をとめ、振り返って不安そうな顔をした。孫六と平太に、悪さでもされると思ったのかもしれない。

「ちょいと、訊きてえことがあるんだ。なに、歩きながらでいい」

そう言って、孫六は愛想笑いを浮かべた。男の不安を払拭《ふっしょく》してやろうと思ったのだが、無理に笑ったせいか、狸のような顔がゆがんだだけである。

「何が聞きてえ」

男は顔をこわばらせたまま歩きだした。

「おめえ、小鶴から出てきたな」

男は、それがどうしたい、と言いたげな顔をして、孫六を振り返った。

「小鶴には、女将がいるな」

「いるよ」

「でけえ声じゃァいえねえんだが、こいつの兄貴がな」

そう言って、孫六は脇にいる平太を振り返った。

平太が驚いたような顔をした。突然、兄貴の話になったからだろう。

「女将に、ほの字らしいんだ」

孫六が、急に声をひそめて言った。

平太は目を剝いて孫六を見た。思いもしなかったことを、孫六が言い出したからだろう。

「お京《きよう》さんにか」

「そうよ、よせばいいのに、お京さんにのぼせあがってるのよ」

どうやら、女将の名はお京らしい。

「ああ……」

「……」

男の顔にも驚いたような表情があった。

「それでな、こいつの兄貴に頼まれたんだ。小鶴に飲みにいったら、それとなくお京さんのことを訊いてきてくれってな」

　孫六が、そうだな、と平太に念を押すように言った。

「そ、そうだ。兄いが、親方に頼んだんだ」

　平太が、うまく話を合わせた。なかなか機転がきく。親分でなく親方と呼んだのも、よかった。職人か大工の親方と思うだろう。

「よした方がいいな」

　男が孫六に身を寄せて小声で言った。

「何か、都合の悪いことでもあるのか」

「お京さんには、いるんだよ」

「なにがいるんだ」

「決まってるじゃァねえか。情夫《おとこ》だよ」

　そう言って、男が口元に薄笑いを浮かべた。

　定次郎だろう、と孫六は思った。

「まァ、男相手の商売だ。初めから、情夫はいると踏んでたよ。……なに、お京さん次第だ。こいつの兄貴は腕のいい職人でな。お京さんさえ、その気になりゃァ苦労はさせねえはずだぜ」

孫六は、男にしゃべらせるために嘘を言ったのだ。

「そいつのためだ。お京さんだけは、やめときな」

男が向きになって言った。

「おめえ、やけにはっきり言うな。まさか、おめえがお京さんに惚れてるんじゃァあるめえな」

孫六は、さらに男にしゃべらせようとした。

「ば、馬鹿なことを言うな。お京さんには、怖《こ》え《え》情夫《おとこ》がいるんだよ」

男が語気を強くして言った。

「怖え情夫だと」

「ああ、小鶴の常連客でも気付いている者はすくねえが、おれは、ふたりがしんねこだとみてるのよ」

「そいつは、小鶴によく来るのかい」

孫六はあえて定次郎の名は出さなかった。下手に名を出すと、これまでの嘘がばれてしまう。

「三日に一度くれえ、来るがな。ひとりでおとなしく飲んで、帰《けえ》るようだ」

男の話によると、お京の情夫は店にきてもあまり話はしないし、泊まっていくこともないという。

「おめえ、どうしてお京とそいつができてると分かったんだい」

「見たんだよ」

「何を見た」

「お京が、夜遅くそいつの家に入《へえ》っていくのをよ」

お京は慣れた様子で、路地沿いにある仕舞屋《しもたや》に入ったという。

「男の家だと。おめえ、よく男の家だと分かったな」

「その家は借家でな。そいつしか住んでねえんだ。おれの長屋は、そいつの借家と近《ちけ》えんだよ」

「それならまちげえねえ。……ところで、おめえ阿部川町に住んでるのかい」

孫六は男の家がどこにあるのか訊き出そうと思った。そうすれば、定次郎の住《すみ》処《か》も分かるだろう。

「ああ……、そこに古手屋があるな。その角をまがった先の吉蔵店《よしぞうだな》よ。お京の情夫の家は、さらに一町ほど行った先だ」

「そうかい」

孫六は、これだけ聞けば、定次郎の埒はつきとめられるとみた。

「お京は、あきらめた方がいいようだ。こいつの兄貴に、よく言っておくよ」

そう言って、孫六は足をとめた。

「女なんざァ、いくらもいらァな」

男はあざけるような声で言うと、孫六たちから離れていった。

翌朝、孫六と平太はふたたび阿部川町に足を運び、男から聞いた古手屋の脇の路地に入った。路地沿いの店屋で聞くと、吉蔵店はすぐに分かった。古い棟割り長屋である。

孫六たちは、吉蔵店からさらに一町ほど歩いた。

「親分、あれですぜ」

平太が路地沿いの家を指差した。

路地からひっこんだところにある古い仕舞屋だった。脇が空き地になっている。裏手は、竹藪らしかった。

「この家らしいな」

借家らしい小体な家である。それに、他に仕舞屋はなかった。

念のために、孫六は近所の店に立ち寄って話を聞いてみた。

話を聞いた店の親爺によると、仕舞屋に住んでいるのは、弥太郎《やたろう》という名で三十がらみ、面長で目の細い、遊び人ふうの男だという。ときどき、年増が訪ねてきて泊まっていくそうである。名はちがうが、偽名を使っているのだろう。むしろ、定次郎の名を隠して住んでいる方が自然だった。

「定次郎の塒らしいな」

孫六は定次郎の塒だと確信した。

「親分、定次郎をつかまえやしょう」

平太が意気込んで言った。

「焦るんじゃァねえ。みんなに話してからだ」

孫六は、ここから先は源九郎たちの手を借りた方がいいと思った。

六

「菅井、どうする」

源九郎が菅井に訊いた。

はぐれ長屋の源九郎の家である。源九郎の他に、菅井、孫六、平太の姿があった。孫六と平太は阿部川町で定次郎の塒をつかんだ後、源九郎の家に立ち寄った。そこに、菅井も居合わせ、これまでの経緯をふたりに話したのである。

「捕らえて話を訊くしかないな」

菅井が低い声で言った。

「わしもそう思うが、定次郎を捕らえた後、どうするかだ」

源九郎は、阿部川町から相生町まで定次郎に縄をかけて連れてくることはむずかしいとみていた。町方ではない長屋の住人が、町人を勝手に捕縛して訊問することなど許されないのだ。

「分からないようにやればいい」

菅井が平然として言った。

「どうするのだ」

「暗くなってから、連れてきたらどうだ」

「うむ……」

それでも難しいだろう、と源九郎は思った。夜でも人影のある浅草橋か柳橋を渡らなければならないし、両国広小路も抜けなければ相生町まで来られない。

「旦那、舟を使っちゃァどうです」

孫六が言った。

「舟か」

「へい、近くに新堀川が流れてやして、桟橋もありやしたぜ」

孫六が、新堀川から大川へ出て竪川に入れば、長屋のすぐ近くまで来られることを言い添えた。

「よし、舟だ」

菅井が声を大きくして言った。

それで決まりだった。舟を借りて阿部川町へ行き、夜のうちに定次郎を長屋まで連れてくるのである。

孫六が近くの船宿から猪牙舟を借りた。当然、相応の借り賃を払ったのである。船頭は茂次がやることになった。

孫六たちが定次郎の塒をつきとめてきた三日後、孫六、平太、三太郎の三人は午後になってから、阿部川町にむかった。定次郎の借家を見張るためである。

暮れ六ッ（午後六時）前、三太郎がはぐれ長屋にもどってきて、

「華町の旦那、定次郎は塒にいやす」

と、知らせてきた。いまのところ、お京の姿はないという。

「よし、行こう」

源九郎は菅井と茂次にも話し、竪川の桟橋に繋《つな》いでおいた舟にむかった。

源九郎たちが舟に乗り込むと、

「出しやすぜ」

艫《とも》に立った茂次が声を上げ、棹を使って桟橋から舟を離した。なんとか、舟もあやつれるようである。

舟は竪川から大川に出て、両国橋をくぐった。そして、浅草御蔵の手前から新堀川に入った。

新堀川に入って間もなく、暮れ六ッの鐘がなった。まだ、上空には日中の明るさが残っていたが、岸辺は淡い夕闇につつまれている。川沿いに並ぶ店屋が店仕舞いを始めたらしく、表戸をしめる音があちこちから聞こえてきた。

やがて、新堀川の左手に町家が軒をつらねる地に出た。そこが、阿部川町である。右手には寺院がつづき、暮色のなかに堂塔が折り重なるように見えている。

「舟を着けやすぜ」

そう言って、茂次が右手の岸辺にある桟橋に舟を寄せた。

源九郎たちが桟橋に下りると、茂次が舫い杭に舟を繋ぐのを待ってから、三太郎が、こっちでさァ、と言って先にたった。

源九郎たちは、三太郎に先導されて古手屋の脇の路地を入った。路地をしばらく歩いた後、三太郎が足をとめて、

「その先の仕舞屋が、定次郎の塒ですぜ」

と言って、前方を指差した。

空き地の先に、古い仕舞屋があった。淡い夕闇のなかに、かすかに灯《ひ》の色がある。だれかいるようだ。路地沿いの店は、表戸をしめていた。通りに人影はなく、ひっそりとしている。

「孫六と平太は」

源九郎が訊いた。

「家の脇の草藪の陰にいやす」

三太郎が小声で答えた。

「行ってみよう」

ともかく、いまの様子を訊いてみねばならない、と源九郎は思った。

そこは空き地のなかにある草藪だった。丈の高い芒《すすき》や菅《すげ》が生い茂っている。その陰に孫六と平太の姿があった。

源九郎たちは足音を忍ばせてふたりに近寄った。

「どうだ、なかの様子は」

源九郎が小声で訊いた。

「いやすぜ。定次郎ひとりでさァ」

孫六によると、小半刻（三十分）ほど前、座敷の障子があいて定次郎らしい男が顔を出したという。男は空模様を見ただけで、すぐに顔をひっこめ、その後はまったく姿を見せないそうだ。

「踏み込むか」

菅井がけわしい顔をして言った。

夕闇のなかに、菅井の顎のとがった般若《はんにゃ》のような顔が浮かび上がったように見えた。細い両眼が白くひかっている。

「もうすこし、待とう」

源九郎は、夕闇が深くなってからの方がいいだろうと思った。

源九郎たち六人は、草藪の陰から出なかった。もうすこし暗くなるのを待っていたのである。

時が過ぎて辺りの夕闇が深くなり、踏み込む頃合になったときだった。ふいに、仕舞屋の引き戸のあく音が聞こえた。

「出てくる！」

三太郎が声を殺して言った。

仕舞屋の戸口に姿をあらわしたのは、遊び人ふうの男だった。棒縞《ぼうじま》の小袖を着流し、雪駄《せった》履きである。

「定次郎だ！」

そう言って、孫六が立ち上がった。

定次郎は、源九郎たちのひそんでいる方に雪駄の音をさせながら近付いてくる。

「おれがやる」

菅井が草藪の陰から足音を忍ばせて路地に足をむけた。

「頼む」

源九郎は、菅井にまかせようと思った。出会い頭に、峰打ちに仕留めるのは居合の方が確かである。

念のために、源九郎は茂次たちに定次郎の背後にまわるよう指示した。源九郎は菅井の様子を見て、脇から飛び出すつもりだった。

菅井は空き地から路地に出ると、左手で刀の鯉口を切り、右手を柄に添えた。

すこし前屈みの格好である。

定次郎は菅井の姿を見ると、ギョッとしたように立ちすくんだが、すぐに逃げ出さなかった。侮《あなど》ったのかもしれない。

菅井は着古した小袖とよれよれの袴姿で、大刀を一本落とし差しにしていた。痩せている上に、すこし前屈みの恰好で立っている菅井の姿は、いかにも貧相で貧乏牢人そのままだった。

「なんでえ、てめえは！」

定次郎がなじるような声で誰何《すいか》した。

「見たとおりの牢人だ」

菅井は居合腰に沈め、抜刀体勢をとったままスルスルと定次郎との間合をつめた。

「やろう！」

定次郎は、懐に右手をつっ込んで匕首《あいくち》を抜いた。

顔がこわばり、両眼がつり上がっている。逆上しているが、逃げようとはしなかった。定次郎はすこし前屈みの恰好で、匕首を胸のあたりに構えた。匕首が、夕闇のなかでにぶい銀色《しろがねいろ》にひかっている。狼の牙のようである。

菅井が居合の抜きつけの一刀をはなつ間合に迫ったとき、

「死ねッ！」

一声叫び、定次郎が匕首を構えて体ごと突っ込んできた。

一瞬、菅井は体を右手に寄せざま、抜きつけた。

シャッ、という刀身の鞘走る音がし、閃光《せんこう》が逆袈裟《げさ》にはしった。

迅《はや》い！　神速の抜き打ちである。

次の瞬間、キーン、という甲高い金属音がひびき、定次郎の手にした匕首が虚空に飛んだ。菅井の居合の一颯《いっさつ》が、匕首を撥《は》ね上げたのだ。

菅井の動きはそれでとまらなかった。流れるような太刀捌《たちさば》きで、撥ね上げた刀身を峰に返すと、二の太刀を横一文字にふるった。

ドスッ、という腹を強打する音がし、定次郎の上体が折れたように前にかしいだ。峰打ちの一撃が、定次郎の腹を強打したのだ。

定次郎はたたらを踏むように泳いだが、足がとまると、両膝を折り、その場にうずくまった。

定次郎は両手で腹を押さえて、苦しげな呻《うめ》き声を上げている。

そこへ、源九郎や孫六たちが駆け寄った。

菅井が定次郎の首筋に切っ先をつけたまま言った。

「猿轡《さるぐつわ》をかませろ」

「へい」

孫六が懐から手ぬぐいを取り出して手早く猿轡をかませ、さらに定次郎の両腕を後ろに取って早縄をかけた。岡っ引きだっただけあって、なかなか手際がいい。平太が感心したような顔をして、孫六の手元を見ている。

定次郎は驚怖の色を浮かべて源九郎や孫六たちを見つめていた。自分を取りかこんでいる男たちは牢人や町人で、年寄りや子供のような若い男もいる。定次郎には、得体の知れない集団に見えたのであろう。

「長屋へ連れていこう」

源九郎が孫六たちに声をかけた。

路地は濃い夕闇につつまれていた。人影はまったくなかった。見咎《みとが》められることなく、栈橋まで連れていけそうである。

第四章　狙われた長屋

一

部屋の隅に置かれた行灯《あんどん》の灯《ひ》に、七人の男の姿が浮かび上がっていた。源九郎、菅井、孫六、平太、茂次、三太郎、それに捕らえてきた定次郎である。はぐれ長屋のあいている部屋だった。源九郎たちは、捕らえた定次郎を住人のいない空き部屋に連れ込んだのである。

座敷のなかほどに座らされた定次郎の前に、源九郎が立ち、

「おれたちが、だれか知るまいな」

と、おだやかな声で訊《き》いた。

定次郎はちいさく二度うなずいた。まだ、猿轡《さるぐつわ》をかまされたままである。

「亀楽という飲み屋に押し入った三人組が、店にいた客を殺した。殺された客のひとりはこの長屋の住人でな、益吉という男だ」

源九郎がつづけた。

定次郎は目を瞠《みひら》いて源九郎を見つめている。その顔は土気色をし、目には恐怖の色があった。

「わしたちは、益吉を殺した三人組を知りたいのだ」

源九郎が言うと、定次郎が猿轡の隙間から声を洩《も》らし、首を横に振った。知らない、と言ったらしい。

「わしらは、いろいろ探ったのだ。話せば長くなるが、三人組の狙いは、吉浜の包丁人の梅七を殺すことにあったと知れた。……益吉と亀楽の婆さんは、巻き添えをくったわけだな。……そこで、吉浜を調べ、同じ柳橋にある松波屋と揉《も》めていることをつかんだ。わしらは、三人組の梅七殺しは吉浜と松波屋の確執にあると睨《にら》んでな。松波屋を探ってみたわけだ」

源九郎がそこまで話すと、定次郎の目に驚きの色が浮いた。長屋の住人が、そこまで知っているとは思わなかったのだろう。

「松波屋の女将《おかみ》のおれんが、百乃屋にいたことも分かったし、おまえが賭場にかかわっていたことも知れた」

源九郎はあえて佃の久兵衛の名を出さなかった。定次郎が、しゃべりにくくなると踏んだのだ。

「いま、おまえの猿轡を取ってやるが、ここは長屋の隅だ。泣こうが喚《わめ》こうが、かまわん。近所の者は、長屋で夫婦喧嘩でもしていると思うだけだからな」

源九郎はそう話してから、猿轡を取ってくれ、と孫六に指示した。

「承知しやした」

すぐに、孫六が定次郎の猿轡をとった。

「さて、訊くぞ」

源九郎が定次郎を見すえて言った。

いつもの茫洋《ぼうよう》とした表情は消えていた。顔がひきしまり、行灯の灯を映じた双《そう》眸《ぼう》が熾火《おきび》のようにひかっている。老いてはいたが、剣客らしい凄《すご》みのある顔である。

「亀楽に押し入って益吉たちを殺した三人の名は」

源九郎が訊いた。

「し、知らねえ」

定次郎が声を震わせて言った。顔に恐怖の色がある。六人もの男に取りかこまれていては、生きた心地がしないのだろう。

「定次郎、しらを切っても無駄だ。わしたちは、おまえがだれの子分であるかも知っているのだ」

源九郎は、定次郎が佃の久兵衛の子分であることを匂わせた。

「……！」

定次郎は口をつぐんでいた。不安らしく、視線が揺れている。

「三人の名は」

源九郎が語気を強めて訊いた。

「し、知らねえ」

定次郎の声が震えた。動揺しているらしい。

そのとき、座敷の隅に座っていた平太が、

「旦那、こいつは兄いの敵《かたき》の一味だ！　こいつも、許せねえ」

と、身を乗り出すようにして叫んだ。

「面倒だ。益吉の敵のひとりとして、斬ってしまえ」

菅井が傍らに置いてあった刀を手にし、片膝を立てて刀を抜く構えを見せた。

いまにも、斬りかかっていきそうな気配がある。

「お、おれは、亀楽に押し込んだ三人組とは何のかかわりもねえ」

定次郎が恐怖に顔をひき攣《つ》らせて言った。

「それなら、話せ。……おまえが話したことは口外せぬ。話さねば、益吉の敵の片割れとして始末するしかないな」

「……！」

定次郎の顔がこわばり、蒼ざめている。

「三人の名は」

「お、おれは、噂を聞いただけだ」

定次郎が声を震わせて言った。

「噂でいい」

「桑五郎《そうごろう》と又蔵《またぞう》……」

「ふたりの町人だな」

源九郎が訊くと、定次郎が首を垂らすようにうなずいた。

「牢人は？」

「竹本甚兵衛《たけもとじんべえ》……」

「竹本は何者だ」

源九郎は竹本の名に覚えがなかった。

「牢人だ。……五、六年前まで賭場の用心棒をしていた男で、滅法強《つえ》え」

強いとは、剣の腕がたつということだろう。

「竹本の塒《ねぐら》は？」

「知らねえ。……賭場で顔を合わせて話をしたことはあるが、塒まで聞いてねえ。それに、おれが竹本の旦那と話したのは、五年ほども前のことだ」

定次郎が源九郎に顔をむけて言った。嘘はなさそうである。

「桑五郎と又蔵は、久兵衛の子分ではないのか」

ここで、源九郎は久兵衛の名を出した。

「そ、そうだ……」

定次郎は小声で言うと、肩をすぼめて視線を膝先に落とした。親分のことは話したくなかったにちがいない。

「桑五郎と又蔵の塒は？」

さらに、源九郎が訊いた。

「又蔵の塒は、福井町《ふくいちょう》の長屋だと聞いたことがある」

「何という店《たな》だ」

福井町の長屋というだけでは、探しようがない。

「み、峰、峰右衛門店《みねえもんだな》だったか、峰左衛門店《みねざえもんだな》だったか……」

定次郎は首をひねった、はっきりしないらしい。

これを聞いた孫六が、

「それだけ分かりゃァ、つきとめられやすぜ」

と、脇から口をはさんだ。

「ところで、久兵衛だが、松波屋とどうかかわっているのだ」

源九郎は、此度《こたび》の事件の背後で、久兵衛が糸を引いているにちがいないとみていた。

「……あっしには、分からねえ」

定次郎が苦悶《くもん》するような表情を浮かべて言った。親分のことだけは、言いたくないのかもしれない。

「では、別の聞き方をするか。……久兵衛とおれんのかかわりは？」

おれんと久兵衛は、何かつながりがあるはずである。

「おれんは、親分の情婦《いろ》だと聞いたことがありやすが……」

定次郎が語尾を濁した。

「やはりな」

源九郎の胸の内には、そうではないかという思いがあった。おそらく、おれんと久兵衛の関係は、いまもつづいているにちがいない。百乃屋の若い衆が口にしていた「太くて強い紐《ひも》」とは、久兵衛のことであろう。

……やはり、久兵衛の指図で三人組は、亀楽にいた梅七を襲ったようだ。

と、源九郎は思った。

おれんが商売敵の吉浜をつぶそうと思い、情夫《おとこ》である久兵衛に相談したのではあるまいか。相談されて久兵衛は、子分の桑五郎と又蔵、それに用心棒の竹本を使って吉浜の包丁人を殺させたのだ。ふたりの包丁人を殺せば、吉浜は料理茶屋をつづけられなくなる。推測も多かったが、源九郎はまちがいないような気がした。

「定次郎、久兵衛の住まいはどこだ」

源九郎が声をあらためて訊いた。長屋や借家ではないだろう。

「あ、あっしは、知らねえ」

定次郎が、声をつまらせて言った。

「おまえが、知らぬはずはあるまい」

「嘘じゃァねえ。おれは、知らねえんだ。親分はおれたちにも、どこに住んでるか話さなかったんでさァ」

定次郎が向きになって言った。

「おまえは、親分の指図で動いていたのではないのか」

「何かあれば、市蔵の兄貴から話がありやした。おれたちから親分に知らせたいときも、百乃屋へ行ってつないでもらったんで」

「そうか」

どうやら、子分たちに直接指図していたのは百乃屋の市蔵らしい。おそらく、子分たちは女郎屋の客を装って店に出入りしていたのだろう。

……それにしても、久兵衛はどこに身をひそめているのであろうか。

源九郎の胸に疑念がわいた。これまで、孫六たちが、久兵衛にかかわる者たちを探っていたが、隠れ家はむろんのこと、久兵衛の影も見えてこなかったのだ。聞こえて来るのは、名と過去の噂ばかりである。

それから、源九郎は、竹本、桑五郎、又蔵、それに久兵衛の年恰好や人相などを訊いた。これからの探索に役立てようと思ったのである。

源九郎の訊問がひととおり終わったとき、

「あっしは、帰《けえ》してもらえやすか」

と、定次郎が首をすくめながら訊いた。

「帰すわけにはいかんな。おまえを帰せば、わしたちのことを話すだろう」

「は、話さねえ」

定次郎は声を大きくして言った。

「そうかな」

源九郎が首をひねったとき、

「面倒だ。おれが、こいつの首を落としてやる」

そう言って、菅井がふたたび脇に置いてあった刀に手を伸ばした。

「待て、殺すまでもあるまい」

「うむ……」

菅井が渋い顔をして刀を置いた。

「定次郎は、しばらく長屋で預かっておこう」

源九郎は機会をみて、定次郎を栄造に引き渡そうと思った。久兵衛や市蔵を捕らえて処罰するのは、町方の仕事だった。町方が久兵衛たちを捕縛して吟味するおり、定次郎の自白が役に立つはずである。

二

「茂次、行くかい」

孫六が茂次の家の腰高障子を覗いて声をかけた。

孫六の脇には平太と三太郎が、立っていた。これから、孫六たち四人で、浅草福井町に行くことになっていたのだ。

定次郎を捕らえて自白させた翌日だった。福井町にあるという又蔵の塒をつきとめに行くのである。

当初、孫六は平太とふたりだけで行くつもりだったが、茂次が、おれも行くと言い、それを聞いた三太郎も、いっしょに行く、と言い出したのである。

「おお、いま行くぜ」

茂次が土間から外へ出ようとすると、土間の隅の流し場にいた女房のお梅《うめ》が、

「おまえさん、早く帰ってきておくれよ」

と、甘えるような声で言った。

茂次がお梅を嫁にして何年も経つが、子供がいないせいもあってまだ新婚気分

が残っているようだ。

「早く帰《けえ》るよ」

そう言い置いて、茂次は戸口から外に出た。

四人そろって路地木戸の方へ歩き出すと、

「おまえさん、早く帰ってきておくれ、だってよ」

孫六が茶化すように言った。

茂次は鼻先で笑っただけで、何も言わなかった。

「茂次、早く帰《けえ》って何をするんだい」

孫六の口元に卑猥《ひわい》な笑いが浮いている。

「めしを食うのよ。おれんところは、夕めしが早《はえ》えからな」

「夕めしが早えんじゃァ、よけい夜が長《なげ》えな。……ゆっくり楽しめるって、わけだ」

孫六がニヤニヤしながら言った。

いつもそうだった。孫六と茂次が、顔を合わせるとすぐに下卑《げび》た話になるのだ。三太郎は口元に薄笑いを浮かべて黙っていた。平太は、きまりわるそうな顔をして孫六に跟《つ》いていく。

「おい、とっつァん、長屋のみんなが噂してるぜ」

茂次が、孫六に目をむけて言った。

「なんて、噂してるんだよ」

「なに、背が伸びたって。とっつァんは背が伸びたようだってな」

「ちかごろ、とっつァんは背が伸びたようだってな」

孫六が、驚いたような顔をして訊いた。

「ちかごろ、平太を連れて親分顔して歩いてるじゃァねえか。ふん反り返って歩いてるから、腰が伸びて、背が伸びたように見えるんだろうよ」

「そ、そんなこたァねえ」

孫六が、声をつまらせて言った。狸のような顔が、赭黒《あかぐろ》く染まっている。

「いいことじゃァねえか。この分じゃァ、孫六親分はもう一花咲かせるんじゃァねえかと、みんな言ってるぜ。……そうだな、三太郎」

茂次が三太郎に声をかけたが、三太郎はニヤニヤ笑っているだけで、何も言わなかった。三太郎はどちらかというと無口で、茂次と孫六の掛合いを聞いていることが多かった。

「一花咲かせるだと。……おお、一花どころか、二花も三花も咲かせてやらァな」

孫六が声を大きくして言った。

「とっつァんにまで花が咲いちゃァ、長屋は花盛りだ。春らしくていいぜ」

茂次が笑いながら言った。

そんなやり取りをしながら、孫六たち四人は賑やかな両国広小路を抜けて浅草橋を渡った。渡った先が浅草茅町である。

孫六たちは、茅町を浅草寺の方へしばらく歩いてから左手の通りに入った。茅町の町筋を抜けると、浅草福井町である。

福井町一丁目に入ってすぐ、孫六が路地沿いにあった稲荷の前で足をとめた。

「どうだい、ここらで二手に分かれねえか」

孫六が、茂次と三太郎に目をむけて言った。

「四人もで、つるんで歩いてたんじゃァ目立っていけねえ。それに、かえって埒《らち》が明かねえぜ」

「とっつァんの言うとおりだ。ここで、分かれようじゃァねえか」

茂次が言った。

「おれと平太は、稲荷から北を当たってみるぜ」

「おれと三太郎は南か」

そう言い合って、孫六と茂次たちは稲荷の前で二手に分かれた。

孫六と平太は稲荷から離れると、大店《おおだな》の並ぶ表通りから長屋のありそうな裏路地に入った。又蔵の塒を探すのである。分かっていることは、長屋の名が峰右衛門か峰左衛門ということだけだった。

小体《こてい》な店や表長屋などのつづく路地をしばらく歩いたところで、

「平太、手分けして聞き込むか」

と、孫六が言った。ふたりで歩いていても見つからない。住人に訊いてみるより他にないのである。

「おれは、路地のこっち側で訊いてみるから、おめえは、向こう側の店にあたってみてくれ」

「へい」

「平太、おれたちの名も又蔵の名も出すなよ」

孫六は、名を出せば又蔵に知れるだろうと思った。はぐれ長屋の者が、又蔵の塒を探っていたことを気付かれたくなかったのである。

「承知しやした」

平太はそう答えると、跳ねるような足取りで孫六から離れていった。その姿が、すぐに遠ざかる。

……まったく、すばしっこいやつだ。

孫六は、平太の後ろ姿を見ながら苦笑いを浮かべた。

孫六は路地に目をやり、話の聞けそうな店を探した。半町ほど先に、笠屋があるのを目にとめた。店の戸口に菅笠や網代《あじろ》笠がかかっている。

孫六は店のあるじに、峰右衛門と峰左衛門の名を出して訊いてみたが、そういう長屋はないとのことだった。

さらに、路地沿いを歩き、目に付いた店屋や通りすがりの長屋の女房らしい女などにも訊いてみたが、やはりそれらしい長屋はなかった。

路地が表通りに突き当たるところまで来ると、孫六は路地の端に立って平太が来るのを待った。

「平太、それらしい長屋はあったか」

孫六が、近付いてきた平太に訊いた。

「親分、だめでさァ。そんな長屋は、ねえそうで」

「やっぱりな。……どうも、この近くじゃァねえようだ。もうすこし、先まで行ってみるか」

「へい」

ふたりは表通りにもどり、しばらく南にむかって歩いてから、ふたたび長屋のありそうな路地に入った。

孫六と平太は路地の左右に分かれて、峰右衛門と峰左衛門の名を出して訊いて歩いた。だが、それらしい長屋は見つからなかった。

「この辺りじゃァねえようだ」

孫六がうんざりした顔で言った。

「親分、定次郎はでたらめを言ったかもしれやせんぜ」

平太が額の汗を手の甲でぬぐいながら言った。

「そんなこたァねえ。やつは、はっきりしねえ名を口にしたからな」

定次郎は首をかしげながら、長屋の名を口にした。孫六は岡っ引きとしての経験から、騙《だま》すつもりなら逆にはっきりした偽名を口にするはずだとみたのである。

「聞き込みはこれからだ。御用聞きは辛抱がでえじよ」

孫六がもっともらしい顔をして言った。

それから、ふたりは陽が西の空にかたむくころまで歩いたが、結局それらしい長屋は見つからなかった。

孫六と平太は、しかたなく稲荷にもどった。ふたりとも、げっそりした顔をしていた。ずいぶん歩いたが、何の収穫もなかったのである。

稲荷の赤い鳥居の前で、茂次と三太郎が待っていた。ふたりとも冴えない顔である。

三

「こっちも、駄目だ」

茂次がうんざりした顔で言った。

「この辺りじゃァねえのかな」

孫六は、二丁目か三丁目ではないかと思った。福井町は一丁目から三丁目まであったが、孫六たちが歩いたのは一丁目だけである。

「ともかく、今日のところは帰《けえ》るか」

茂次が言った。

「そうだな。茂次んところは、夕めしが早えそうだからな」

そう言って、孫六が口元に薄笑いを浮かべたが、茂次が何も言い返さなかったので、首をすくめて歩きだした。

孫六たち四人が浅草橋を渡ったところで、暮れ六ツ（午後六時）の鐘がなった。両国広小路はまだ賑わっていたが、通行人たちは迫り来る夕闇に急《せ》かされるように足早に通り過ぎていく。


孫六たちが両国橋を渡り始めたとき、五、六間後ろを歩いていたふたりの男が、欄干の方に身を寄せた。ふたりとも縞柄《しまがら》の単衣《ひとえ》を尻《しり》っ端《ぱし》折《しょ》りし、両脛をあらわにしていた。遊び人ふうである。

孫六たちは気付かなかったが、ふたりの町人は福井町にいたときから後ろを歩いていたのだ。広小路の賑やかな通りに入ると、ふたりは孫六たちを見失わないようにすぐ後ろについたのだ。

ところが、孫六たちが両国橋を渡り始めると、橋上の人影がまばらになった。そこで、ふたりは孫六たちから間を取るために、欄干の方へ身を寄せたのである。

ふたりは欄干に身を寄せて孫六たちが離れるのを待ってから、また孫六たちの跡を尾《つ》け始めた。

孫六たち四人は、背後のふたりにまったく気付いていなかった。疲れた足取りで両国橋を渡り、東の橋詰へ出た。そして、竪川沿いの通りへ入ったとき、

「亀楽で、一杯やっていかねぇか」

と、孫六が急に言い出した。

孫六たちは、亀楽の親爺の元造に、酒はただで飲ませる、と言われてから一度も亀楽に足を運んでいなかった。ただにすると言われると、かえって行きづらい。それに、懐には、吉浜のあるじからもらった金があった。亀楽でなくとも飲めたのである。

「いいな」

すぐに、茂次が言った。

「早く帰《けえ》らなくていいのかい」

また、孫六の口元に薄笑いが浮いた。

「なに、とっつァんに無理に付き合わされたと言やァ、お梅も仕方がないと思う

さ」

「おい、おれのせいにするのか」

「気にするな。……さァ、亀楽はこっちだ」

そう言って、茂次が足早に左手の路地におれた。

孫六、平太、三太郎の三人は、慌てて茂次の後を追った。孫六たちは細い路地をたどり、松坂町へ入った。

孫六たちの後ろから、ふたりの町人が尾けてくる。孫六たちは、まだふたりに気付いていなかった。

「亀楽はやってるぜ」

孫六が嬉しそうに声を上げた。酒に目のない孫六は、仲間たちといっしょに飲むことがなによりの楽しみだった。

真っ先に、孫六が亀楽の縄暖簾《なわのれん》をくぐった。茂次は三人が店に入った後から縄暖簾をくぐろうとして足をとめ、路地の左右に目をやった。何となく、背後に人のいるような気配がしたのである。

茂次は、こちらに歩いてくるふたりの町人を目にとめた。夕闇のなかに、ふたりの両脛が白く浮き上がったように見えていた。

……あいつらも、一杯やりに来たのか。

と茂次は思っただけで、とくに疑念は抱かなかった。ふたりは身を隠す様子もなく、こちらに歩いてきたからだ。それに、町人はふたりだけだったのである。

孫六たち四人は飯台に腰を下ろすと、元造に酒と肴《さかな》を頼んだ。

「久し振りだなァ。ここで、みんなと酒を飲むのはよ」

孫六が、嬉しそうに目を細めて言った。

「さァ、とっつァん、飲んでくれ」

茂次はとどいた銚子を取って孫六の猪口《ちょく》に酒をついでやったが、いつものように気分が乗らなかった。

又蔵の塒をつかめなかった後ろめたさがあった。それに、亀楽の縄暖簾をくぐる前に見かけたふたりの男のことが、頭の隅にひっかかっていたのだ。

このときになって、茂次は、

……ここらで飲むなら、亀楽のはずだ。

と、気付いた。この近くに、飲み屋は亀楽しかなかったのである。

そのとき、茂次は路地を歩いてくるかすかな足音を聞いた。茂次はすぐに腰を上げ、戸口から外を覗いてみた。

……やつらだ！

一瞬、茂次の顔から血の気が引いた。

町人体の男が三人、亀楽の方に歩いてくる。三人のなかに、店に入る前に見かけたふたりの男がいた。

……こっちからも来る！

通りの反対側から、ふたりの男がこちらに向かって歩いてくる。牢人だった。ひとりは総髪で、痩せていた。もうひとりは髷《まげ》を結っていたが、無精髭と月代《さかやき》が伸びていた。大柄である。ふたりとも一見して徒《いたずら》牢人と分かる風体だった。

……逃げられない！

と、茂次は察知した。亀楽から飛び出しても逃げ道がなかった。五人の男は、挟み撃ちにするように道の左右から迫ってくる。亀楽と隣の店の間にわずかな隙間があったが、すぐに板塀に突き当たってしまう。

平太なら、何とかなるかもしれねえ、と茂次は思った。鳶《とび》をしている平太は、身軽だった。それに、足も速い。

茂次は孫六たちのそばにとって返すと、

「平太、すぐに長屋へ走れ！」

と、叫んだ。

「……！」

平太は丸く目を剝《む》いて、きょとんとしている。何が起こったのか分からないのだ。孫六と三太郎もそうだった。猪口を手にしたまま動きをとめ、驚いたような顔をして茂次に目をやっている。

「三人組がここに踏み込んでくる！　逃げる間はねえ」

茂次が口早に言うと、

「ここにくるのか！」

平太が、飛び上がるような勢いで立ち上がった。三人組に襲われる、と分かったようだ。

「そうだ、長屋にいる旦那たちに知らせるんだ！」

茂次が平太に、店から飛び出し、隣の店との間から後ろにまわって塀を飛び越えろ、と言い添えた。

「茂次、三人ならなんとかなるぜ。こっちは、四人だ」

孫六が目をつり上げて言った。

「駄目だ！　向こうは五人だ」

それに、牢人がふたりいる。益吉たちと同じように、四人とも殺されるだろう。

「平太、こい！」

茂次が戸口に走った。

「へい」

平太がすっとんで来た。その後に、孫六と三太郎が顔をこわばらせてつづいた。

茂次と平太が戸口から飛び出すと、

「き、来た！」

平太が叫んだ。

路地の左右から、五人の男が亀楽の店先に走り寄ってくる。

「平太、行け！」

茂次が叫ぶと、平太が勢いよく走りだした。

平太は、すばやく亀楽と隣の店の間に走り込んだ。その姿が、夕闇にまぎれるように遠ざかる。

……迅《はえ》え！

すっとび平太と呼ばれるだけのことはある、と茂次は思った。

平太の足音は、すぐに聞こえなくなった。塀のそばまで走り寄ったらしい。

平太は塀を越えられるだろうか。茂次の胸に不安がよぎったが、後は平太にまかせるしかなかった。

「おい、やつら、戸口にいるぞ！」

走り寄ってくる五人のなかのひとりが叫んだ。戸口から洩れる灯のなかに、茂次たちの姿が浮かび上がっていたのだろう。

「き、来やがった！」

孫六が、茂次の脇でひき攣《つ》ったような声を上げた。

「とっつァん、店にもどれ！」

茂次が叫んだ。

店にもどると、元造の姿もあった。店の騒ぎを聞きつけたらしい。

「飯台で、戸口をふさげ！」

茂次はすこしでも時間を稼ごうと思った。源九郎と菅井が来るまで、持ちこたえるのである。

茂次たち四人はいそいで飯台を運び、戸口に押しつけた。

引き戸の向こうで、ばらばらと駆け寄ってくる足音がひびいた。

四

板塀は、平太の背丈より高かった。

平太はこのままでは飛び越せないとみると、周囲に目をやった。塀の脇に朽《く》ちかけた短い丸太が転がっていた。すぐに、平太は丸太をつかんで塀に立てかけた。そして、丸太の先に足をかけて塀の上に飛び付き、クルリと向こう側にまわった。何とも、身軽である。

飛び下りた先に、細い路地があった。平太は路地沿いを走った。この辺りは、はぐれ長屋と近かったので道筋は分かっている。

東の空の月がぼんやりと路地を浮かび上がらせていた。路地沿いの家々は夕闇につつまれ、ひっそりと静まっている。

……早く、旦那たちに知らせるんだ！

平太は懸命に走った。源九郎と菅井に、いっときも早く孫六たちの危機を伝えねばならない。

平太は人影のない細い路地を野犬のように疾《はし》った。

このとき、源九郎は家で菅井と一杯飲んでいた。夕めしの後、めずらしく菅井が酒の入った貧乏徳利を提げて、源九郎の家にやってきたのだ。

源九郎は菅井が将棋盤を持っていないのを見て、

「どうした、菅井、何かあったのか」

と、訊いた。菅井が将棋盤を持たずに、酒だけ持参することなどなかったのだ。

「いや、華町と一杯やろうと思ってな」

菅井はうかぬ顔をしている。

「将棋はやらんのか」

「将棋を指す気になれん」

菅井はそう言うと、勝手に框《かまち》から座敷に上がってきた。

「めずらしいな、菅井が将棋を指す気になれないとは。……体の具合でも悪いのか」

源九郎が訊いた。

「いや、孫六や平太まで歩きまわっているというのに、おれたちが何もせんで、将棋など指していていいのかと思ってな」

「うむ……」

将棋でなく、酒ならいいのか、と源九郎は思ったが、黙っていた。菅井と同じ気持ちが、源九郎にもあったのだ。

「それに、孫六や平太たちは、まだ帰ってないようだぞ」

菅井によると、源九郎のところに来る途中、おしずが孫六の家の戸口にいて、まだ帰ってないが、どうしたのかと訊いているのを耳にしたという。

「まだ、帰らんのか、すこし遅いな」

すでに、六ツ半（午後七時）ちかいだろう。聞き込みに福井町まで行ったとしてもすこし遅いのではあるまいか。

「まァ、一杯やりながら待とう」

菅井は座敷に胡座《あぐら》をかき、貧乏徳利を手にした。

ふたりがうかぬ顔をして、チビチビと酒を飲んでいるときだった。

戸口に駆け寄る足音がし、荒々しく腰高障子があいた。

障子があくと同時に、平太が土間に飛び込んできて、

「旦那！　親分たちがあぶねえ」

と、叫んだ。

「どうしたのだ」

源九郎はすぐに立ち上がった。菅井も手にしていた湯飲みを脇に置き、刀を手にして腰を上げた。

「亀楽で、襲われやした！」

「なに！」

源九郎はすぐに事情を察知した。孫六たちが、亀楽で襲われたようだ。おそらく、襲ったのは三人組であろう。

源九郎は座敷の隅に立て掛けてあった刀をつかむと、土間へ飛び下りた。菅井も、つづく。

「早く！　早く」

先に飛び出した平太が、声を上げた。

源九郎と菅井は平太につづいて路地木戸から走り出た。何としても、孫六たちを助けねばならない。

ガタ、ガタと引き戸が音をたてた。外側から、三人で戸をこじあけようとしている。その戸をあけまいとして、茂次、三太郎、孫六の三人が、必死になって戸に当てた飯台を押さえつけていた。

「やろう！　そこをどけ！」

ずんぐりした体軀《たいく》の男が、五寸ほどあいた戸の隙間から足を入れて飯台を力まかせに蹴った。蹴る度に飯台が動き、すこしずつ隙間がひろがってくる。

「こ、このやろう！」

孫六が、近くの飯台の上にあった箸立てをつかんで、ひらいた戸の隙間から男の顔に投げ付けた。

ガシャッ、と音をたて、箸立てが男の額に当たり、箸が飛び散った。

「なにをしやがる！」

男は怒鳴り声を上げ、さらに戸の隙間から激しく飯台を蹴った。

「も、もうひとつ、飯台を持ってこい」

茂次が、必死で飯台を押さえながら叫んだ。

すぐに、孫六と後ろにいた元造が飯台を運んできて、戸口に置いた飯台に押し付けた。

「いいぞ！」

戸があいても、すぐに店のなかに入ってこられないはずだ。飯台が外から入ってくる障害になるのだ。

そのとき、ずんぐりした体軀の男が戸の隙間から体を入れて、戸を押さえている飯台を強く押した。その拍子に、引き戸が二尺ほどあいた。

「入ってくるぞ！　燭台の火を消せ」

茂次が叫んだ。

孫六と元造がよろけながら土間の隅にいき、置いてあった燭台の火を消した。途端に、店のなかは深い闇につつまれた。

茂次たちは手さぐりで土間を歩き、店の隅の飯台の陰に身を隠した。元造だけは店から逃げて、奥の板場に向かった。板場の隅にでも、隠れるつもりなのだろう。

ガタ、ガタと大きな音がし、引き戸があいた。そして、戸口に射した淡い月光のなかにいくつかの黒い人影が浮かび上がった。

「戸口の飯台を、どかせ！」

牢人らしい男が胴間声で叫んだ。

いくつかの人影が動き、戸口に置いてあった飯台を脇に押しやった。出入りできる間をあけたのである。

次々に、五人の男が店に入ってきた。だが、戸口のところで足をとめて立っている。闇につつまれて、なかの様子が見えないようだ。目が闇に慣れるのを待っているのかもしれない。

男たちは、いずれも刃物を手にしていた。牢人体のふたりは刀を手にし、町人体の男は匕首《あいくち》を握っていた。五人の男が手にした刀と匕首が、戸口から射し込んだ月光を反射《はね》て青白くひかっている。

「どこにいる！　出てきやがれ」

ずんぐりした体軀の男が声を上げ、そろそろと前に歩きだした。他の四人も、横にひろがりながら用心深く店のなかに入ってくる。

……早くきてくれ！

茂次は胸のなかで叫んだ。このままでは、五人の男に皆殺しにされる。

五

「と、歳だ……。苦しい」

源九郎は、ゼイゼイと荒い息を吐きながら走った。心ノ臓が早鐘のように鳴り、足が棒のようになっている。源九郎は走るのが苦手だった。歳をとったせいか、すこし走ると息が上がり、足がもつれる。

それでも、源九郎は走るのをやめなかった。遅れれば、孫六たちの命がないと分かっていたからだ。

平太と菅井は、半町ほど先へ行っている。ふたりの背と足音が、しだいに遠ざかっていく。

……もうすこしだ。

路地の前方に、亀楽が見えてきた。灯の色はなかった。夜陰のなかに、店の黒い輪郭がぼんやり識別できるだけである。

平太と菅井が亀楽の戸口に近付いた。

「おい、いるか！」

菅井の声が聞こえた。店のなかが暗く、なかに踏み込めないのかもしれない。

源九郎は走った。しだいに、平太と菅井の後ろ姿がはっきり見えてきた。

そのとき、菅井の旦那！　という声が、かすかに聞こえた。店のなかで、だれか叫んだらしい。源九郎は茂次の声のような気がした。

店のなかには、押し込んだ三人組一味もいるらしい。おそらく、茂次たちは店のなかに隠れ、灯明を消したのだ。

「親分！　助けにきやしたぜ！」

平太が戸口で叫んだ。

菅井は左手で刀の鍔元《つばもと》を握り、右手を柄に添えていた。居合の抜刀体勢をとっている。敵が戸口近くにいるらしい。

そこへ、源九郎が駆けつけた。

「な、なかに、いるのか……」

喘《あえ》ぎ声を上げながら、源九郎が訊いた。

「いる！　何人もな」

菅井が目をひからせて言った。

菅井は闘いの体勢をとっていた。顎のしゃくれた般若《はんにゃ》のような顔が、月光に青白く浮かび上がり、額に垂れた前髪の間から覗いた細い目がひかっている。ゾッとするような凄《すご》みがあった。

「そ、外へ、呼び出そう」

源九郎が息をととのえながら言った。

暗い店のなかに踏み込むのは危険だった。相手は闇に目が慣れている。ふいに襲われたら、敵の斬撃をかわせないだろう。

「外へ出ろ!」

菅井が店のなかにむかって怒鳴った。

すぐに、反応がなかった。店のなかに何人もいる気配はするが、声も物音も聞こえなかった。外の様子をうかがっているようだ。

「怖《お》じ気付《け》いたのか! おれたちは、ふたりだぞ」

さらに、菅井が声を上げた。

すると、戸口近くで、黒い人影が動いた。外の様子をうかがったらしい。つづいて、「刀を差しているのは、ふたりだけだぞ」というくぐもった声が聞こえた。

「立ち合う気があるなら、外へ出ろ!」

今度は、源九郎が声を上げた。

「よし、外に出るぞ」

店のなかから、胴間声が聞こえた。

菅井が小声で、「華町、出てくるぞ」と言い、居合の抜刀体勢をとったまま後じさった。源九郎も後ろへ下がった。ふたりは、なかの者たちが外へ出られるだけの間合をとったのである。

まず、戸口から姿を見せたのは牢人体のふたりだった。総髪の男と、月代の伸びた大柄な男である。その後ろから、三人の町人が戸口にあらわれた。いずれも遊び人ふうで、匕首を手にしていた。

「旦那、伝兵衛店のやつらですぜ」

ずんぐりした体軀の町人が言った。どうやら、源九郎と菅井のことを知っているようである。

「ここで始末できれば、手間がはぶける」

そう言って、大柄な牢人が戸口から離れ、菅井の方へ近付こうとした。

そのとき、ススス、と菅井が摺り足で大柄の牢人との間合をつめた。腰を沈めた抜刀体勢のままである。

「来るか！」

大柄な牢人が青眼に構え、切っ先を菅井にむけた。無精髭が濃く、ギョロリとした目をしていた。ふてぶてしい顔付きである。

すでに、真剣勝負で人を斬ったことがあるのだろう。牢人には真剣勝負の恐怖がないようだ。ただ、菅井にむけられた剣尖《けんせん》がやや高かった。腰が浮いているのだ。それほどの腕ではない。菅井が、田宮流居合の達人だと知らなかったようだ。

……斬れる！

と、菅井は思った。

このとき、源九郎は総髪の牢人と対峙していた。ふたりの間合は、およそ三間半。源九郎は青眼に構えていた。牢人は八相である。

……遣い手だ！

源九郎は牢人の腕のほどを察知した。

腰の据わった隙のない構えだった。牢人は中背で痩身だったが、八相に構えた姿が大きく見えた。構えの威圧で、大きく感じられるのだ。

牢人は源九郎と対峙したとき、口元に薄笑いを浮かべていた。年寄りと侮《あなど》ったのであろう。だが、その顔に、驚愕《きょうがく》の色が浮いた。牢人も、源九郎が遣い手だと察知したようだ。

源九郎の青眼の構えには隙がなかった。しかも、目線につけられた切っ先には、そのまま眼前に迫ってくるような威圧がある。

「おぬし、できるな」

牢人がけわしい顔をして言った。

「おぬしもな」

「流は?」

「鏡新明智流を少々な」

まだ、一足一刀の間境からは遠かった。源九郎は、牢人の目線に切っ先をつけたまま動かなかった。

「おれは一刀流を遣う」

「おぬし、竹本甚兵衛であろう」

源九郎は定次郎から聞いた名を口にしてみた。すると、牢人の顔が狼狽《ろうばい》したようにゆがんだ。どうやら図星だったようだ。となると、この男が亀楽に押し入り、益吉や梅七を斬った三人組のひとりということになる。

「名を知られたからには、生かしておけぬ」

竹本はくぐもった声で言うと、趾《あしゆび》を這《は》うように動かし、すこしずつ源九郎との間合をせばめてきた。

八相に構えた刀身が月光を反射して青白くひかり、夜陰を切り裂くように源九郎に迫っていく。

竹本の全身に激しい気勢がこもり、源九郎にむけられた双眸が底びかりしていた。

源九郎は動かなかった。気を鎮めて、敵の動きを見つめている。

ふたりの間合がせばまるにつれて、竹本から鋭い剣気がはなたれ、斬撃の気配が高まってきた。

ふいに、竹本の寄り身がとまった。一足一刀の間境の半歩手前である。

イヤアッ！

突如、竹本が裂帛《れっぱく》の気合を発した。気合で、源九郎の構えをくずそうとしたのだ。

だが、気合を発したことで、構えが揺れた。気合を発するために、体に力が入ったのである。

この一瞬の隙を源九郎がとらえた。

タアッ！

鋭い気合とともに斬り込んだ。

青眼から袈裟《けさ》へ。

年寄りとは思えない神速の太刀《たち》捌《さば》きである。

「おおッ！」

竹本が刀身を撥《は》ね上げた。

キーン、という甲高い金属音がひびき、ふたりの刀身が撥ね、夜陰に青火が散った。

次の瞬間、ふたりの体が躍り、二筋の閃光《せんこう》がはしった。

源九郎が二の太刀をふたたび袈裟にふるい、竹本が後ろに跳びながら胴を払った。一瞬の攻防である。

ザクリ、と竹本の着物の肩先が裂けた。源九郎の切っ先がとらえたのだ。

一方、源九郎の着物の腹部も横に裂けていた。竹本の胴斬りの切っ先が、着物を斬り裂いたのである。

ただ、ふたりとも肌に血の色はなかった。斬られたのは、着物だけである。

ふたりは、大きく間合をとり、ふたたび八相と青眼に構え合った。

「初手は互角か」

竹本がくぐもった声で言った。

そのときだった。ギャッ！　という絶叫がひびいた。菅井と対峙していた大柄な牢人の肩から血が噴いている。

六

大柄な牢人はよろめいたが、足を踏ん張って立ちどまった。肩先から噴出した血が、牢人の顎や首筋にかかり赤く染めていく。

牢人はカッと両眼を瞠き、刀の切っ先を菅井にむけたまま つっ立っていた。出血が激しい。半顔が血に染まり、ギョロリとした大きな目が、血のなかに浮き上がったように見えた。体が顫《ふる》え、菅井にむけられた切っ先が揺れている。

「お、おのれ!」

牢人が声を上げ、一歩踏み込もうとした。そのとき、大きく体が揺れて前によろめいた。そして、爪先を何かにひっかけ、頭から前につっ込むように倒れた。

牢人は唸《うな》り声を上げながら両手を地面について上半身をもたげ、何とか立ち上がろうとした。だが、すぐに前につっ伏し、顔を上げることもできなくなった。肩から流れ出た血が、地面に落ちてかすかな音をたてている。

菅井は、大柄な牢人の背後にいた三人の町人に目をむけた。返り血を浴びた顔が赤く染まり、細い目がつり上がっている。夜叉《やしゃ》を思わせるような凄愴《せいそう》な顔である。

　菅井は、血刀をひっ提げたまま、つかつかと町人たちに近付いた。

　ひとりの町人が、ヒイッ、と喉を裂くような悲鳴を上げて逃げ出した。すると、ずんぐりした体軀の男が、

「覚えてやがれ！」

　と、捨て台詞《ぜりふ》を残して駆けだした。もうひとり、大柄な男も慌ててその場から逃げた。

　この様子を目の端でとらえた竹本は、すばやく後じさって源九郎との間をとると、

「勝負はあずけた」

　と言い残し、反転して走りだした。ひとりでは、源九郎たちに太刀打ちできないとみたのであろう。

　竹本は足も速かった。見る間にその姿が闇に呑まれていく。ひっ提げていた刀身が夜陰のなかににぶくひかっていたが、それも闇に吸い込まれるように消えていった。

　源九郎は竹本を追わなかった。もっとも、追っても逃げられただろう。源九郎

は抜き身を手にしたまま亀楽の戸口に走り寄った。茂次や孫六がどうなったか、心配だったのである。

源九郎だけでなく、菅井と平太も戸口に駆け寄った。

すると、店のなかから次々に人影が飛び出してきた。茂次、孫六、三太郎の三人である。

「旦那！　助かった」

孫六が声を上げた。茂次と三太郎の顔にも、ほっとした表情があった。

源九郎は三人に目をやった。どこにも、血の色がなかった。無傷のようである。うまく、店のなかで逃げたのだろう。

「元造はどうした」

その場に、元造の姿がなかった。

「板場に隠れているはずでさァ」

「そうか。ともかく、みんな無事でよかった」

源九郎が安堵《あんど》したように言うと、

「平太のお蔭で、命拾いしやした」

茂次が言うと、

「まったく、平太は足が速えからな」

と言って、孫六が目を細めた。

「それほどでもねえや」

平太は照れたような顔をして笑っている。

源九郎も、茂次たちを救ったのは平太の足かもしれないと思った。源九郎たちが助けに駆け付けるのが遅れたら、茂次たちの命はなかっただろう。

そのとき、苦しげな呻《うめ》き声が聞こえた。倒れている大柄な牢人らしい。見ると、闇のなかでもそもそと動いている。

「おい、まだ生きているぞ」

菅井が言った。

「話を聞いてみるか」

源九郎たちは、倒れている牢人のそばに駆け寄った。

牢人は俯《うつぶ》せのまま、もがくように四肢を動かしていた。

「しっかりしろ」

源九郎が後ろから牢人の肩先をつかんで身を起こしてやった。

牢人は顔から胸にかけてどす黒い血に染まっていた。土気色をした顔を苦しそうにゆがめている。口をすこしあけ、荒い息を吐いていた。

……長くはない。

と、源九郎はみてとった。

「おぬしの名は」

源九郎が訊いた。

「も、森川半太夫《もりかわはんだゆう》……」

森川が震えを帯びた声で言った。隠す気はないようだ。すでに、源九郎たちに逆らう気力がないのかもしれない。

「おぬしも、竹本たちの仲間か」

「……」

森川は答えなかった。体が顫え、源九郎にむけられた目が揺れている。

「町人のなかに、又蔵と桑五郎がいたな」

源九郎は、定次郎から聞いた名を出してみた。

すると、森川がちいさくうなずいて、かすかに唇を動かした。「……体の、大きいのが桑五郎……」と言ったのは分かったが、後は聞きとれなかった。ただ、三人の町人のなかに又蔵がいたことは知れた。竹本、桑五郎、又蔵の三人組に、森川ともうひとりの町人がくわわり、五人で孫六たちを襲ったようだ。

そのとき、源九郎の脇にいた平太が、

「おれの兄いの益吉を殺したのは、だれだ！」

と、叫んだ。

「……し、知らぬ」

森川が顔をゆがめながら言った。息が乱れ、体の顫えが激しくなってきた。

「森川、佃の久兵衛を知っているな」

源九郎が訊いた。

森川は何も答えなかったが、かすかにうなずいた。

「どこにいる」

源九郎は久兵衛の居所を知りたかった。黒幕である久兵衛を何とかしないと始末がつかないと思ったのである。

「知らぬ」

森川が絞り出すように言った。

そのとき、森川は、グッという呻き声を洩らし、上半身を伸ばして顎を前に突き出すようにした。森川は顎を突き出すような恰好のまま身を硬直させたが、すぐにガックリと首が前に落ちた。急に体の力が抜け、源九郎に倒れかかった。

「死んだ……」

源九郎が森川の体をささえながら言った。

第五章　佃《つくだ》の久兵衛

一

「華町の旦那、この先ですぜ」

孫六が小声で言った。

源九郎、孫六、平太の三人は、浅草福井町二丁目の掘割沿いの路地を歩いていた。そこは、小店や表長屋などがまばらに建つ路地で、畑や空き地なども目についた。掘割の先には大名の下屋敷があり、築地塀《ついじべい》と屋敷の甍《いらか》が見えていた。

源九郎は袖無し羽織に軽衫《かるさん》姿で、腰に脇差を帯びていた。菅笠をかぶって顔を隠している。軽格の武士の隠居といった恰好だった。

孫六と平太も黒の半纏《はんてん》に股引、手ぬぐいで頬っかむりして顔を隠していた。竹本や又蔵たちに正体が知れないよう変装してきていたのである。

亀楽で茂次たちが襲われて四日経っていた。その後、茂次や孫六は変装して福井町へ足を運び、又蔵の塒《ねぐら》を探した。その結果、孫六たちが福井町二丁目で、又蔵の塒をつきとめたのである。

孫六から話を聞いた源九郎は、

「明日は、わしもいっしょに行こう」

と言い、孫六たちと足を運んできたのだ。

源九郎は、竹本や又蔵たちが気になっていた。また、襲われるのではないかという恐れがあった。身装《みなり》を変えたのも、竹本たちの目から逃れるためである。

源九郎たちは掘割沿いの路地をしばらく歩き、道沿いにある小体《こてい》な八百屋の脇まで来て足をとめた。

「八百屋の脇の路地木戸が、峰右衛門店でさァ」

孫六が源九郎に身を寄せて言った。

「又蔵はいるのか」

「はっきりしねえが、それらしいのがいるようですぜ」

源九郎たちは、はぐれ長屋に監禁している定次郎に又蔵の体軀《たいく》や顔付きをあらためて訊《き》くと、ずんぐりした体軀で、浅黒い顔をしているとのことだった。

それを聞いた孫六は、福井町二丁目に来て聞き込んださいに、又蔵の体軀や顔付きを話したようだ。

「どうするな」

源九郎が孫六に訊いた。こうした探索は、岡っ引きだった孫六にまかせることにしていたのだ。

「ともかく、又蔵がいるかどうかはっきりさせねえとな」

孫六が言った。

「うむ……」

「長屋の者に訊いてみやすか」

「長屋に踏み込むのか」

それは、まだ早いのではないか、と源九郎は思った。下手に長屋に入って訊きまわると、先に又蔵に気付かれてしまう。そうなれば、源九郎たちが何かする前に、又蔵は姿を消すはずだ。

「長屋に入らなくても、訊けやすぜ」

孫六によると、路地木戸から出てくる長屋の者を外でつかまえて訊けばいいのだという。

「もっとも、あっしらが、又蔵を探っているのを気付かれねえようにしねえとな」

孫六が顔をひきしめて言った。

「近くに身を隠すのだな」

源九郎は、掘割沿いの路地に目をやった。

「あの笹藪《ささやぶ》の陰はどうだ」

すこし遠いが半町ほど先に空き地があり、その隅に笹藪があった。そこに身を隠せば、路地木戸を見張ることができそうだ。

「あそこにしやしょう」

孫六たち三人は、すぐに笹藪の陰に移動した。

八ツ（午後二時）ごろだった。陽は頭上にあり、強い陽射しが照り付けていたが、笹藪の陰は日陰になっていたので張り込むには都合のいい場所だった。

「親分、出てきやしたぜ」

平太が言った。

待つまでもなく、路地木戸から子供連れの母親らしい女が出てきた。こちらに向かって歩いてくる。女が手を引いているのは、五、六歳と思われる男児《おとこのこ》だった。

「待て、餓鬼がいっしょじゃァ込み入った話はできねえ。なに、すぐに別の者が出てくるさ」

孫六たちは笹藪の陰から出なかった。

子供連れの女が通り過ぎて、いっときすると、今度は初老の職人ふうの男が出てきた。すこし背のまがった痩せた男である。

「あいつがいい」

そう言って、孫六が笹藪の陰から出ようとしたとき、もうひとり路地木戸から姿を見せた。ずんぐりした体軀の男だった。

「孫六、あれが、又蔵ではないのか」

源九郎が声をかけた。

孫六は慌てて笹藪の陰にもどり、あらためて路地木戸に目をやった。男は棒縞《ぼうじま》の着物を裾高に尻《しり》っ端折《ぱしょ》りしていた。遊び人ふうである。

「やつだ！　又蔵にまちげえねえ」

孫六が男に目をやりながら言った。

又蔵は雪駄《せった》の音をちゃらちゃらさせながら、こちらに歩いてくる。

「どうしやす」

孫六が小声で源九郎に訊いた。

「尾《つ》けてみよう」

又蔵をこの場で斬ることはできても、捕らえることはできない、と源九郎は思った。峰打ちで仕留めたとしても、はぐれ長屋まで連れていくのはむずかしいのだ。

又蔵は、笹藪の陰に身を隠している源九郎たちの前を通り過ぎた。その又蔵が半町ほど離れるのを待ってから、孫六たちは笹藪の陰から出た。

「平太、先に行け。まだ、おめえはやつに姿を見られてねえはずだ」

そう言って、孫六は平太を先にやった。

その平太から間をとって孫六が歩き、さらに孫六の後ろから源九郎がつづいた。又蔵が振り返っても気付かれないように、三人ばらばらになったのである。

先を行く又蔵は、しばらく掘割沿いの道をたどった後、右手の路地に入った。

その路地は町家の間につづき、やがて賑やかな奥州街道に出た。

又蔵は街道に出ると、浅草御門の方へ足をむけた。街道は賑わっていた。大勢の老若男女が行き交っている。

……どこへ、いくつもりだ。

源九郎は、平太の先を行く又蔵の背に目を向けてつぶやいた。

又蔵は街道に出て間もなく、左手の通りにおれた。そこは浅草茅町である。源九郎は小走りになった。又蔵の姿が見えなくなったのだ。前を行く孫六も走りだした。やはり、又蔵の姿が見えなくなったらしい。

源九郎が通りのまがり角のところまで行くと、孫六、平太、その先に又蔵の後ろ姿もちいさく見えた。

……この先は、柳橋だぞ。

通りは柳橋につづいている。源九郎は、すこし足を速めた。前を行く孫六に追いつこうとしたのである。

源九郎は孫六の後ろにつくと、

「孫六、又蔵は柳橋に行くつもりではないか」

と、声をかけた。

「そのようで」

孫六は後ろも見ずに答えた。

やがて、又蔵は柳橋の料理屋や料理茶屋などが並ぶ賑やかな通りに出た。又蔵は足早に歩いていく。

「旦那、松波屋はこの先ですぜ」

孫六は前を見たまま源九郎に言った。

「松波屋へ行くつもりか」

「そうかもしれねえ」

通りの先に、松波屋が見えてきた。そこは料理屋や料理茶屋などが並ぶ通りだが、そうしたなかでも、松波屋は目に付く大きな料理茶屋だった。

そのとき、平太の先を行く又蔵の姿が見えなくなった。松波屋の手前を左手にまがったようだ。平太が小走りになった。孫六と源九郎も走った。ここまで又蔵を尾けてきて、見失いたくなかったのである。

「旦那、又蔵は路地に入ったようですぜ」

孫六が走りながら言った。

路地の入り口まで来ると、平太が小料理屋の脇から路地を覗いていた。

「親分、あそこ」

平太が路地の先を指差した。

又蔵の後ろ姿が見えた。そこは、狭い裏路地だった。表通りに並ぶ料理屋や料理茶屋などの裏手につづいているらしい。

ふと、又蔵が足をとめて背後を振り返った。孫六たちは、慌てて身を引いた。

又蔵は、何事もなかったように歩きだした。孫六たちに気付かなかったようだ。遠かったからであろう。

また、又蔵の姿が消えた。右手にまがったようだ。松波屋の裏手につながる路地があるらしい。

孫六たちは周囲に目をやりながら、路地をたどった。又蔵の姿が消えたところまで来ると、右手につづく細い路地があった。路地というより、空き地をただ踏み固めただけの小径《こみち》である。

源九郎たち三人は、小径の脇で大きな葉を茂らせていた八手の陰にまわって身を隠した。

「旦那、松波屋の裏につづいてやすぜ」

孫六が声を殺して言った。

「又蔵は、松波屋に来たのだな」

どうやら、又蔵はこの路地を使って松波屋と連絡を取っていたらしい。

……又蔵は、おれんと会っていたのかもしれぬ。

ただ、又蔵はおれんや久兵衛との繋《つな》ぎ役だろう、と源九郎はみた。

……それにしても、久兵衛はどこに身をひそめているのであろうか。

そう思って、源九郎はあらためて松波屋に目をやった。

二階建ての松波屋の裏手は思ったよりひろく、松、紅葉《もみじ》、槙《まき》などの庭木が植えられ、その深緑にかこまれて、離れらしき家屋があった。

離れにも、客を入れるのだろうか——。

源九郎は客用の離れではないような気がした。何人もの客を入れるほどのひろさはないように見えたのである。

「孫六、離れがあるな」

源九郎が小声で言った。

「へい」

「あそこには、だれが住んでいるのだ」

「さァ……」

孫六は首をひねったが、すぐに、

「あるじの藤兵衛かもしれやせんぜ。藤兵衛は歳をとって、ちかごろは店にも姿を見せねえと聞いたことがありやす。……隠居して、離れで暮らしているのかもしれねえ」

「そうだな」

源九郎も、隠居した藤兵衛が住んでいるのではないかと思ったが、念のため確かめてみようと思った。

それから、小半刻（一時間）ほどして、源九郎たちはその場を離れ、表通りにもどった。又蔵は姿を見せず、いつまでも三人で見張っていても仕方がなかった。それに、又蔵が姿を見せたとしても、福井町の塒に帰るだけだろう。

二

源九郎たちが又蔵を尾けた三日後、はぐれ長屋の源九郎の家に男たちが集まった。いつものように、源九郎、菅井、孫六、茂次、三太郎の五人である。

平太の姿はなかった。源九郎が、平太を酒の仲間に入れるのはまだ早いと思い、平太には声をかけなかったのだ。

五人の膝先には、貧乏徳利に入った酒と湯飲みが置いてあった。一杯やりながら、これまで探ったことを知らせ合い、今後どうするか相談するつもりだった。

「まず、孫六が又蔵の塒が知れたことと松波屋まで尾行したことを話し、松波屋のおれんが、三人組とつながっている節がある」

と、源九郎が言い添えた。

すると、菅井が、

「おい、久兵衛は、松波屋に身を隠しているのではないのか」

と、身を乗り出すようにして訊いた。

「わしもそう思ってな。裏手にある離れを探ってもらったのだ。……茂次、話してくれ」

源九郎が、茂次に目をむけて言った。

「松波屋に出入りしている魚屋に、訊いたんですがね」

そう前置きして、茂次が話をつづけた。

「店の裏手の離れには、隠居した藤兵衛がいるらしいですぜ。……藤兵衛はだいぶ歳らしく、魚屋もここ一年ほど、藤兵衛の姿は見てねえと言ってやした」

「久兵衛が、松波屋にいる節はないのか」

菅井が渋い顔をして訊いた。

「いないようだ。店のなかにいれば、客の目に触れるからな。それに、奉公人が気付くはずだ」

　源九郎が言った。

「久兵衛は、どこにひそんでいるのだ」

「分からん」

「うむ……」

　菅井が首をひねった。

「いずれにしろ、わしらは、竹本、又蔵、桑五郎の三人を始末せねばならん。それに、竹本だけは、久兵衛のそばにいるような気がするのだ」

　竹本は久兵衛の用心棒役もはたしているのではあるまいか。その竹本の居所が知れれば、久兵衛の隠れ家も分かるのではないか、と源九郎は思ったのだ。

「又蔵を捕らえて口を割らせるか」

　菅井が一同に目をやって言った。

「それも手だが、下手をすると、竹本や桑五郎たちに逃げられるかもしれん。……それに、わしは松波屋が気になるのだ」

　と、源九郎。

「何が気になる？」

「竹本や桑五郎も出入りしているような気がする」

「うむ……」

「もうすこし、松波屋を探ってみるか」

源九郎が言うと、

「華町、どうだ、明日にも、ふたりで松波屋の近くに張り込んでみるか」

と、菅井が身を乗り出すようにして言った。

「ふたりで張り込むのか」

「そうだ。このところ、おれは何もしていないからな」

「うむ……」

「華町たちが身を隠していたという八手の陰は、どうだ。そこなら裏手から出入りする者が見えるのではないか」

「見える」

「そこでどうだ。……長丁場になるようなら、将棋持参でもいいぞ」

「将棋だと！」

思わず、源九郎が聞き返した。

「冗談だ、冗談。いくら、おれでも、見張りをしながら将棋を指すつもりはない」

「あたり前だろう」

源九郎があきれたような顔をして言った。

「あっしらは、どうしやす」

茂次が訊いた。

「しばらく、又蔵にも目を配りたいな。竹本や桑五郎と会うかもしれん」

源九郎は、孫六、平太、茂次、三太郎の四人がふたりずつ組んで、交替して又蔵を見張るよう頼んだ。

「危ない橋は渡るなよ。向こうも、おれたちの動きに目を配っているとみねばならんからな」

源九郎が念を押すように言った。

翌日、暮れ六ツ（午後六時）ちかくになってから、菅井が源九郎の家に姿を見せた。暗くなってから、松波屋の裏手に張り込むことにしてあったのだ。

「なんだ、菅井、その恰好は」

源九郎は、菅井の姿を見て驚いた。

何とも、奇妙な恰好である。黒の半纏に茶の股引、丸めた茣蓙《ござ》を小脇に抱えていた。おまけに、肩まで垂れた総髪を後ろで束ねている。

「お、おまえが、姿を変えろと言ったではないか。衣装は茂次と三太郎に借りたのだ」

菅井が顔を赤く染めて言った。自分でも、恥ずかしかったらしい。

「頭は？」

「髪が長いと目立つからな。長屋を出るとき、手ぬぐいで頬っかむりするつもりだ」

「うむ……」

たしかに、菅井には見えないが、般若《はんにゃ》のような顔が目立ってよけい不気味に見える。

「ところで、茣蓙のなかに、何が入っているのだ」

源九郎が訊いた。

「刀だ。いざというとき、刀がなければどうにもなるまい」

「それなら、気付かれないな」

源九郎は、菅井といっしょに歩きたくなかったが、仕方がない。それに、半纏も股引も闇に溶ける色なので、暗くなれば、姿は見えなくなるだろう。

「行くか」

源九郎は、孫六たちと出かけたときと同じ袖無し羽織に軽衫《かるさん》姿で、腰に脇差を帯びていた。

ふたりは、長屋の路地木戸から竪川沿いの通りに足をむけた。すでに、相生町の町筋は淡い暮色に染まっている。

三

「この先だ」

源九郎が松波屋の近くの路地まで来て言った。

「行ってみよう」

柳橋の通りは濃い暮色に染まっていたが、華やいだ雰囲気につつまれていた。料理屋や料理茶屋の明りが通りを照らし、遠近《おちこち》から嬌声、酔客の哄笑《こうしょう》、唄声、三味線の音などが、さんざめくように聞こえてきた。松波屋にも大勢の客がいるらしく、二階のいくつもの座敷の明りが通りを照らしている。

源九郎たちは細い路地をたどり、八手の陰へまわった。

「ここだよ」

「松波屋がよく見えるな」

菅井が八手の陰の暗がりから、松波屋に目をむけた。

「いまは、はっきり見えんが、裏手の植木にかこまれたなかに離れがある」

松波屋の裏手は、夜陰にとざされていた。

「隠れ家にしては、いいところだ。裏から、人目に触れずに出入りできるからな」

「うむ……」

菅井の言う通りである。

「長丁場になりそうだ」

「まァ、気長に待つしかないな」

「華町、おれはこうなることを読んでな、用意したのだ」

菅井が闇のなかでニンマリした。松波屋の二階の明りに菅井の顔がぼんやり照らし出され、白い歯が浮き上がったように見えた。

「まさか、将棋ではあるまいな」

「おい、暗闇で将棋を指せるか。……莨蓙だよ、莨蓙」

そう言って、菅井は小脇に抱えてきた茣蓙をひろげ、八手の陰に敷いた。茣蓙に腰を下ろして見張るつもりらしい。

「これなら、長丁場でも耐えられるな」

「華町、将棋もそうだが、張り込みも先を読むのが大事だぞ」

「いや、たいしたものだ」

源九郎は、将棋と張り込みをいっしょにするやつがいるか、と思ったが、褒めておいた。長時間の張り込みに茣蓙が役立つことは確かである。

源九郎と菅井は茣蓙に腰を下ろした。八手の陰の暗闇のなかで、松波屋に目をむけている。

「華町……」

菅井が声をかけた。

「なんだ」

「退屈だな」

「ああ……」

「将棋は無理だが、酒を持ってくればよかった」

「おい、菅井。わしらの姿は闇にまぎれて見えんが、声は聞こえるぞ。近くを通りかかった者の耳にとどいたら、押し込みと思われるかもしれん」

「そうだな。……静かにせんとな」

菅井は急に小声になった。

ふたりは、しばらく莫蓙に腰を下ろしたまま口をつぐんでいた。

と、路地の先で足音が聞こえた。だれか、来るようである。

「来たぞ！」

源九郎と菅井は闇のなかに目を凝らした。

月光のなかに、かすかに黒い人影が見えた。ふたりである。ふたりの足音が、しだいに近付いてきた。話し声も聞こえる。

ひとりは武士らしい。袴姿で刀を差しているのが、分かった。もうひとりは町人だった。着物を尻っ端折りしているらしく、夜陰のなかに脛が白く浮き上がったように見えた。

……旦那、伝兵衛店のやつら、早《はえ》とこ殺《や》っちまいやしょう。

町人体の男が言った。

……そうだな。

……あっしらを探っているようですぜ。

……分かっている。……それにしても、やけに執念ぶかいな。

……亀楽で、又蔵が手にかけた益吉ってやつが、長屋の住人だったようでさァ。そいつの舎弟が兄貴の敵を狙っているようで。

……それだけではあるまい。

……吉浜から、金が出てるかもしれねえ、と親分が言ってやしたぜ。

……そうかもしれん。

そんなやり取りをしながら、ふたりは源九郎と菅井の前を通り過ぎた。松波屋の裏手から離れの方にむかったようである。

ふたりの足音が聞こえなくなったとき、

「華町、やつは竹本ではないのか」

菅井が訊いた。

「わしも、そうみた」

源九郎は、武士の声と夜陰のなかにかすかに識別できた体軀から竹本にまちがいないとみたのだ。

「町人は、桑五郎だな。大柄だったからな」

菅井が言った。

「それに、益吉を殺した者も分かったぞ。又蔵だ」

ふたりの話から、知れたのである。

「だいぶ様子が知れてきたではないか」

「そうだな」

「華町、あのふたり、離れに行ったのではないか」

「……」

源九郎も、ふたりは離れに行ったような気がした。客や奉公人のいる松波屋に裏手から入ったとは思えなかったのである。

「おれたちも入ってみるか」

菅井が源九郎に顔をむけて言った。細い双眸《そうぼう》が、うすくひかっている。

「離れにか」

「大物がいるかもしれんぞ」

菅井の声には、昂《たかぶ》ったひびきがあった。

「よし、行ってみよう」

離れには、竹本と桑五郎のほかに何人か久兵衛の子分がいるかもしれないが、菅井とふたりなら何とか切り抜けられるだろう。

源九郎と菅井は八手の陰から出ると、足音を忍ばせて松波屋の裏手にまわった。

四

裏手は板塀になっていたが、切り戸があいたままだった。源九郎と菅井は切り戸をくぐると、足音を忍ばせて離れにむかった。

松、紅葉、槙などの葉叢《はむら》を通して、離れから洩《も》れる灯《ひ》が見えた。どこかに離れにつながる小径があるのだろうが、源九郎たちは分からなかったので、かすかに見える灯を頼りに手探りで進んだ。

離れの近くまで行くと、樹間に小径があるのが分かった。源九郎たちは小径をたどって離れの戸口に近付いた。

それほどの大きな家ではなかったが、数寄屋ふうの洒落《しやれ》た造りだった。戸口の前に飛び石が置かれ、脇にはつつじの植え込みがあった。庭に面して縁側があり、沓脱《くつぬ》ぎ石が置いてある。

縁側の奥の障子が明らみ、かすかに人声が洩れていた。竹本と桑五郎は、そこにいるようだ。離れの住人と話しているのではあるまいか。

「近寄ってみるか」

菅井が声を殺して言った。

源九郎は黙ってうなずいた。ふたりは、忍び足で縁先の方へまわった。縁側の脇に戸袋があった。源九郎と菅井は戸袋に身を寄せた。縁側の前まで行くと、部屋にいる男たちに気付かれる恐れがあったのだ。

縁側の先の座敷に、三、四人いる気配がした。酒でも飲んでいるのか、かすかに瀬戸物の触れ合うような音と衣擦《きぬず》れの音がした。

……桑五郎、もう一杯どうだ。

男のしゃがれ声が聞こえた。源九郎は初めて耳にする声だった。何者か分からないが、この家にいた者であろう。物言いからして、桑五郎より格上であることはまちがいないようだ。

……いただきやす。

桑五郎は、酒を受けているようだった。

いっとき間があった後、

……森川が斬られたそうだな。

しゃがれ声の男が訊いた。

……相手は長屋に住むふたりの牢人だが、ふたりとも腕が立つ。

そう答えたのは、竹本らしかった。長屋に住むふたりの牢人とは、源九郎と菅井のことであろう。

……森川が殺られたのは仕方がねえが、そいつらも早く片付けてもらいてえな。

しゃがれ声の男の物言いが、やくざ者のようになった。

……おれひとりで、ふたりいっしょに斬るのはむずかしいな。

……竹本の旦那でも、手を焼くような相手ですかい。

しゃがれ声の男の声に、驚いたようなひびきがくわわった。

……ああ、遣い手だ。ひとりずつ、斬るしかないな。

……そうかい。また、竹本の旦那の手をわずらわせることになるだろうが、おれの方でも、腕のたつのを見つけておこう。

しゃがれ声の男がそう言うと、

……親分、あっしらも使ってくだせえ。

と、桑五郎が言った。

これを聞いた源九郎は、

佃の久兵衛だ！

と、胸の内で叫んだ。しゃがれ声の男が久兵衛にちがいない。桑五郎が親分と呼ぶのは、久兵衛しかいないはずだ。

久兵衛は、松波屋に身をひそめていたのだ。実に巧妙である。松波屋のあるじの藤兵衛になりすまし、店の裏手にある離れに隠居として暮らしていたのだ。しかも、女将《おかみ》に仕立てた情婦《いろ》のおれんとの暮らしも楽しんでいたにちがいない。おそらく、藤兵衛は人知れず始末してしまったのだろう。

……ところで、町方の動きはどうだ。おれんがな、うちの店にも岡っ引きが来たと言っていたぞ。

久兵衛が、声を低くして訊いた。うちの店とは、松波屋のことだろう。

……岡っ引きたちが、何人か嗅《か》ぎまわっていやすがね。なに、いくら探っても何も出てきやァしませんや。

……桑五郎、油断するんじゃァねえぞ。市蔵にも、町方の動きから目を離すなと言っておきな。

……へい。

そこで、話がとぎれたらしく、衣擦れの音と酒を酌み交わす音だけが聞こえていた。

「……吉浜だが、まだ商売をつづけているようだな」

久兵衛が言った。

「……まだ、店をひらいていやす」

答えたのは、桑五郎である。

「……包丁人を、どこかで見つけてきたのか」

「……薬研堀にある鶴乃屋の包丁人をひとり、まわしてもらったようですぜ」

「……早えとこ、そいつも片付けちまいな」

「……承知しやした」

桑五郎が言った。

それから、座敷にいる男たちの話は、とりとめのないものになった。浅草寺の人出や柳橋の客足、はては吉原の花魁《おいらん》にまで話がおよんだ。ときおり、座敷に別の男が出入りし、酒や料理を運んでいるようだった。久兵衛の子分かもしれない。

源九郎と菅井は、戸袋のそばに一刻（二時間）ほどひそんで聞き耳を立てていたが、足音を忍ばせてその場を離れた。これ以上、男たちの話を聞いていても、探索に役立つような話は出てこないと踏んだのである。

源九郎と菅井は八手の陰にもどり、莫蓙の上に腰を下ろした。

「華町、どうする」

菅井が訊いた。

「そうだな。ここにいても、仕方がないな」

竹本と桑五郎が出てくるのを待って跡を尾け、塒をつきとめる手もあったが、今夜は離れで夜を過ごすのではないかと思われた。それに、明朝までこの場にひそんでいるのは辛いし、竹本たちがここに出入りしていることが分かったので、ここを襲って仕留めることもできるのだ。

「それに、腹がへった」

菅井が情けないような顔をして言った。

「長屋にもどるか」

「そうしよう」

すぐに、菅井が立ち上がった。

五

翌朝、源九郎、菅井、孫六の三人は、諏訪町の勝栄に足をむけた。朝にしたのは、勝栄に客のいないころを選んだからである。

これまで源九郎たちが探ったことを栄造に話し、町方の手で久兵衛たちを捕らえてもらうつもりだった。源九郎たちは、久兵衛一家の捕縛は町方の仕事だと思っていた。それに、久兵衛一家の捕縛や吟味は、源九郎たち長屋の者には荷が重すぎる。

源九郎たちは、客のいない勝栄の板敷きの間に腰を下ろした。

「おりいって、話がある」

源九郎が切り出した。

板敷きの間に膝を折った栄造の顔はけわしかった。源九郎たち三人が、重大な用件で来たことを察知したからである。

「亀楽に押し入った三人が、何者か知れたよ」

源九郎は、竹本、又蔵、桑五郎の三人の名を出したが、又蔵の塒まではロにしなかった。源九郎の胸の内に、又蔵は自分たちの手で捕らえたいという思いがあったのだ。益吉の敵を討たせるためにも、平太に縄をかけさせてやりたかったのである。

「これじゃァ、町方は形無しだ」

栄造は驚いたような顔をした。

「なに、たまたま定次郎という男をつかまえてな、口を割らせたのだ」

源九郎は、又蔵を尾行したことや松波屋に張り込んだことは伏せておいた。町方の顔をつぶしたくなかったのである。

「定次郎は、長屋の空き部屋にとじこめてある」

源九郎は久兵衛たちを捕らえてから、定次郎は栄造に引き渡すつもりでいた。

「実は、此度《こたび》の件の裏に、大物がひそんでいることが分かったのだ」

源九郎が急に声をひそめて言った。

「佃の久兵衛ですかい」

栄造が顔をひきしめて言った。栄造も、事件の裏に久兵衛がいるらしいことは察知していたのだ。

「その久兵衛の隠れ家が、分かったのだ」

「ほんとですかい！」

栄造が身を乗り出すようにして訊いた。双眸が、ひかっている。やり手の岡っ引きらしい鋭い目である。

「松波屋だ」

「松波屋に……」

栄造が首をひねった。松波屋には、久兵衛らしき男はいないとみていたのだろう。

「あるじの藤兵衛が、久兵衛だったのだ」

「……！」

栄造は目を剝《む》いて、息を呑んだ。

「いや、久兵衛が藤兵衛になりすましていたと言った方がいいかな。松波屋の裏の離れで暮らしているのは藤兵衛ではなく、久兵衛だったのだ。おそらく、藤兵衛は病死したか殺されたかして、ひそかに始末されたのだろうな」

「そういうことか！」

栄造が声を上げた。

次に口をひらく者がなく、息詰まるような緊張が板敷きの間に集まった男たちをつつんでいた。

いっときして、源九郎が栄造に顔をむけ、

「それでな、久兵衛と子分たちのことは町方にまかせたいのだ」

と、声をあらためて言った。

「へい、すぐに村上の旦那に知らせやす」

栄造が勢い込んで言った。町方にとっても、佃の久兵衛をお縄にすれば、大変な手柄になるのである。

「ただし、すぐに手を出すことはできぬ」

源九郎が言い添えた。

「何か都合の悪いことがありやすか」

「ふだん、松波屋の裏手の隠居所には、久兵衛と子分がひとりかふたりいるだけだろう。隠居所を襲えば、久兵衛だけは捕らえられるが、益吉や吉浜の包丁人たちを手にかけた竹本たち三人には逃げられる」

久兵衛を捕らえても、肝心の三人組に逃げられたのでは何にもならない、と源九郎は思った。それに、源九郎たち長屋の者は、平太に益吉の敵を討たせ、吉浜の清左衛門に依頼されたことを果たすためにも、久兵衛よりも三人組を始末したかったのである。

「……」

栄造は困惑したように顔をゆがめた。

「それでな、町方の手で松波屋の裏手を見張り、竹本たちがあらわれたときに隠居所を襲ってもらいたいのだ。……竹本たちは暗くなってからあらわれ、翌朝まで隠居所にとどまるようだ。早朝、踏み込めば、久兵衛だけでなく竹本たちも捕らえられよう。わしら長屋の者も、張り込みにくわわってもいい」

源九郎が言った。

「助かりやす」

栄造がほっとしたような顔をした。

「さっそく明日の夜からでも、張り込むか」

かならず、竹本たちは暗くなってからあらわれ、翌朝帰るとは言いきれなかった。だが、夜のうちに帰るようなことになったら、尾行をして塒をつきとめる手もあるのだ。そのためにも、張り込みには何人か必要になるだろう。

「へい、村上の旦那にはよく事情を話しておきやす」

栄造が言った。

「それに、もうひとつ。……町方の邪魔はせんが、捕物のおりにはわしもくわえて欲しい。竹本とは剣の上の勝負が残っていてな。ここで、始末をつけたいのだ」

源九郎は、ひとりの剣客として竹本と決着をつけたかった。それに、町方だけで竹本を捕らえようとすれば、大勢の犠牲者が出るだろう。

「おれも行くぞ」

菅井が声をはさんだ。

「おふたりに来てもらえれば、あっしらも心強《こころづ》え」

栄造が顔をやわらげて言った。栄造にも、町方が竹本を捕るのは容易ではないと分かっているのだ。

「諏訪町の、佃の久兵衛をお縄にできるんだぜ」

孫六が、興奮した面持ちで言い添えた。

六

「平太、明日あたり、又蔵をお縄にできるかもしれんぞ」

源九郎が、殊勝な顔をして座っている平太に言った。あえて、敵討ちとは口にせず、お縄にすると言った。

町人である平太は、又蔵に刃《やいば》を向けて斬る気はなかった。それよりも、自分の手で又蔵を捕らえ、お上の吟味を受けさせ、厳罰に処してもらいたかったのだ。当然、又蔵は死罪になるので、討ち取ったのと同じことになる。平太はそのために孫六の下っ引きとなり、これまでも源九郎たちとともに三人組の探索にあたってきたのだ。

「はい……」

平太は丸い目をさらに瞠《みひら》いてうなずいた。

源九郎の部屋に、孫六と平太、それに菅井が来ていた。茂次と三太郎の姿はなかった。ふたりは、栄造とともに松波屋の離れを見張っていたのだ。竹本や桑五郎が姿をあらわせば、ふたりのうちどちらかが源九郎たちの許に知らせにくる手筈になっていた。

すでに、町木戸のしまる四ツ（午後十時）ちかかった。まだ、茂次たちからの連絡はない。

座敷の隅に置いてある行灯《あんどん》が、四人の男の顔を照らし出していた。どの顔にも、けわしさのなかに疲労の色があった。緊張したまま、いつ来るか分からない知らせを待っているのは思いのほか疲れるのだ。

「今夜は、来そうもないな」

菅井が両手を突き上げて伸びをした。

「旦那、明朝まで横になりやすか。……知らせが来ても、出かけるのは明日の朝になりやすからね」

孫六が言った。

「そうだな」

源九郎も、横になって休もうかと思った。

そのときだった。戸口に走り寄る足音がした。上がり框《かまち》のそばにいた平太が立ち上がり、土間へ飛び下りて腰高障子をあけた。すばやい動きである。

「三太郎さんだ！」

平太が声を上げるとすぐ、三太郎が土間へ顔を出した。ハァ、ハァと荒い息を吐いている。柳橋から走りづめで来たようだ。

「き、来やした！」

三太郎が声をつまらせて言った。青瓢簞《あおびようたん》のような顔が紅潮している。磨いて艶《つや》の出た瓢簞のようである。

「だれが来た」

すぐに、源九郎が訊いた。

「竹本と桑五郎でさァ」

「又蔵は来てないのだな」

源九郎は念を押した。又蔵がいっしょに来たかどうかで、孫六や平太の行き先は変わるのである。

「へい、又蔵は離れに来てません」

「よし、孫六、平太、それに三太郎は、福井町の又蔵の塒へ行ってくれ。おれと菅井は、柳橋へ行く」

源九郎が孫六たちに目をやって言った。

「分かってやすよ」

孫六が目をひからせて言った。

孫六、平太、三太郎の三人は、福井町へ行き、源九郎たちが駆けつけるまで又蔵を見張ることになっていた。もっとも、柳橋の松波屋から福井町の又蔵の塒まで近いので、孫六たちは先に行って源九郎たちを待つだけのことである。

「よし、家にもどって横になってくれ」

出かけるのは、明日の払暁《ふつぎょう》である。それまで、一眠りする間はあるだろう。

もっとも、興奮しているので、眠ることはできないかもしれない。

「旦那、握りめしを持ってきやすぜ」

そう言って、孫六が腰を上げた。

「おい、夜明け前に出かけるのだぞ。おみよに、めしを炊いてもらう間はあるまい」

源九郎は、幼子のいるおみよに面倒をかけたくなかった。

「ヘッヘヘ……。握りめしは、作ってあるんでさァ。おみよに、夕めしを余分に炊かせやしてね」

孫六はそう言うと、土間へ下りた。

つづいて、三太郎と平太も立ち上がった。ところが、菅井だけは座敷に座ったまま動かなかった。

「菅井も家にもどって、すこし横になったらどうだ」

源九郎が声をかけた。

「おれは、ここで寝る」

「家にもどらないのか」

「家もここも、同じことだ。……おれは、どこでも眠れるからな」

そう言うと、菅井は畳に横になり、手枕をして目をとじた。

「勝手にしろ」

源九郎も面倒なので着替えず、枕と搔巻《かいまき》だけ出し、行灯の火を消して横になった。

すぐに、菅井の寝息が聞こえてきた。どこでも眠れると言ったのは、嘘ではなかったようだ。

何時《なんどき》ごろだろうか。源九郎は、戸口の腰高障子をあける音がして目を覚ました。戸口の方に目をやると、土間に立っている黒い人影があった。闇のなかに、目だけが仄白《ほのじろ》く浮き上がったように見える。

「平太か」

源九郎は、人影の輪郭から平太だと分かった。

「眠れなくて……」

平太が小声で言った。

顔は闇にとざされてはっきりしなかったが、平太の体が顫《ふる》えているのは分かった。ひどく緊張しているようだ。

「平太、案ずることはない。わしや孫六たちが手を貸してな、かならずおまえの手で又蔵を捕らえさせる。それで、益吉の敵を討ったことになるのだ」

源九郎は静かだが、重いひびきのある声で言った。

「へい……」

平太が闇のなかで、コクリとうなずいた。

その顔を見て、源九郎は、平太はまだ子供なのだと思った。

「そろそろ、夜が明けるな」

源九郎が声を大きくして言った。

すると、脇で眠っていた菅井も目をあけた。源九郎の声で目を覚ましたらしい。

「朝か」

菅井は身を起こし、両手を突き上げて伸びをした。

「すぐに、夜は明ける」

源九郎は何時ごろか分からなかったが、そう言っておいた。

源九郎が行灯に火を点《つ》けて間もなく、孫六が顔を出した。飯櫃《めしびつ》をかかえている。

「握りめしですぜ」

孫六は座敷に上がると、源九郎たちの前で飯櫃の蓋を取った。握りめしが、積み重なって入っていた。四人分用意してくれたらしい。

「ありがたい。腹がへっては、まともに闘えんからな」

源九郎は飯櫃の前に胡座《あぐら》をかいた。

そこへ、三太郎も顔を見せた。丼を持っている。見ると、輪切りにしたたくあんが入っていた。

「おせつが、みんなにと言って、切ってくれたんでさァ」

三太郎が、また艶のいい瓢簞のように顔を赤らめて言った。おせつは、三太郎の女房である。

「よし、みんなで食おう」

源九郎が集まった男たちに声をかけた。

第六章　平太の捕物

一

はぐれ長屋は、夜陰におおわれていた。日中の騒がしさが嘘のような深い静寂《しじま》につつまれている。それでも、どこかからか、鼾《いびき》や赤子の泣き声などが洩《も》れ聞こえてきた。

「出かけよう」

源九郎、菅井、孫六、三太郎、平太の五人は、腰高障子をあけて外に出た。

「空が、すこし明るくなってやすぜ」

孫六が、東の空に目をやって言った。

見ると、東の空が、ほんのりと曙色《あけぼのいろ》に染まっている。まだ、上空には無数の星がまたたいていたが、夜の色が薄れてきたようにも見えた。半刻（一時間）もすれば、町筋が明るくなってくるかもしれない。

源九郎たち五人は、長屋の路地木戸を通って竪川沿いに出た。いつもは人通りの多い竪川沿いの通りも人影がなく、ひっそりとしていた。通り沿いの表店《おもてだな》はまだ夜の帳《とばり》につつまれ寝静まっている。聞こえてくるのは、竪川の汀《みぎわ》に寄せる波音だけである。

源九郎たちは大川にかかる両国橋を渡った。賑やかな両国広小路にも人影はなかった。夜明け前の静寂のなかで、芝居小屋、見世物小屋、床店などが、群青色《いろ》の空に黒い起伏を刻んで立ち並んでいる。

源九郎たちは浅草橋を渡り、茅町一丁目に入ったところで足をとめた。

「あっしらは、福井町へ行きやす」

そう言って、孫六が源九郎と菅井に目をむけた。

孫六、平太、三太郎の三人は、この場で源九郎たちと別れ、又蔵を見張ることになっていた。

「三人だけで、捕らえようと思うなよ」

源九郎は念を押した。

孫六たち三人で又蔵を捕らえられないこともないだろうが、又蔵は匕首《あいくち》を遣って抵抗するだろう。だれかが、益吉の二の舞いにならないとはかぎらない。

「へい」

孫六が言うと、平太と三太郎が顔をけわしくしてうなずいた。

源九郎と菅井は孫六たちとその場で別れ、茅町の町筋を通って柳橋にある松波屋にむかった。

東の空が茜色《あかねいろ》に染まり、町筋が白んできた。頭上の空は青さを増し、星はひかりを失ってきていた。家々や樹木はしっかりと輪郭をあらわし、色彩をとりもどしている。どこかで、一番鶏の声が聞こえた。

源九郎たちが松波屋の裏手にまわる路地まで来ると、茂次が路傍に立っていた。源九郎たちが来るのを待っていたらしい。

「どうだ、離れの様子は」

源九郎が訊《き》いた。

「竹本と桑五郎は、離れに入《へえ》ったままでさァ」

「栄造は？」

「八手の陰で、離れを見張っていやす」

茂次によると、栄造のほかに岡っ引きと下っ引きふたりをくわえた四人が、八手の陰にいるという。

「まだ、村上どのたちは来ていないのだな」

「そろそろ来るころだというので、重吉《じゅうきち》ってえ親分が桟橋まで迎えにいっていやす」

茂次が言った。

村上たちは、八丁堀に近い日本橋川にある桟橋から用意した舟に乗り、柳橋の桟橋まで来ることになっているそうだ。栄造の話だと、村上が連れてくる捕方は、二十人ほどではないかという。佃の久兵衛を捕縛するのに、捕方が二十人というのはあまりにもすくないが、村上の使っている小者や中間《ちゅうげん》、それに息のかかった岡っ引きや下っ引きだけ集めたのであろう。

通常、捕物は与力の出役を仰ぎ、同心は与力の指揮にしたがって動くことになる。だが、今度の場合のように、いつ来るか分からない竹本や桑五郎が姿をあらわすのを待って、捕方をむけるとなると、上申して与力の出役を仰ぐ余裕はない。そこで、村上は巡視の途中で下手人を見付け、急遽《きゅうきょ》捕らえたことにするつもりなのだろう。そうなると、捕方を集める時間がないのだ。

それに、村上には源九郎と菅井が手を貸してくれることも頭にあるのだろう。剣を遣えるふたりがいれば、竹本の他に久兵衛の用心棒がいてもまかせられると踏んだにちがいない。

「おれたちも、栄造たちのところで待とう」

菅井が言った。

源九郎たち三人は、まだ薄暗い路地をたどって松波屋の裏手にまわった。

八手の陰に、栄造をはじめ四人の男がいた。いずれの顔にも疲労の色があった。昨夜から寝ずに見張っているのだろう。

「旦那、久兵衛たちは離れにいやす」

栄造が小声で言った。

「わしらも、ここで村上どのたちが来るのを待つつもりだ」

源九郎たちも、八手の陰にまわった。八手の陰はそれほどひろくないので、何人か陰からはみだしてしまう。まだ、夜明け前なので見咎《みとが》められることはないが、そう長くはいられないだろう。

源九郎たちがその場に来ていっときしたとき、路地の先から足音が聞こえてきた。大勢の足音である。

「来やした！」

栄造が、声を殺して言った。

路地の先にいくつもの人影が見えた。村上に率いられた捕方の一隊である。岡っ引きらしい男を先頭にして、小走りに近付いてくる。

村上は源九郎たちのそばに来ると、

「華町どの、菅井どの、助勢かたじけない」

と、声をかけた。めずらしく、村上の声に昂《たかぶ》ったひびきがあった。顔も紅潮している。急いでこの場に来たせいだけではないらしい。村上も、佃の久兵衛を捕縛できるということで気が昂っているようだ。

村上は捕物出役装束ではなかった。ふだんの巡視のおりの黒羽織の裾を帯に挟んだ巻き羽織と呼ばれる八丁堀ふうの恰好である。巡視のおりに久兵衛を捕らえたことにするため、わざと捕物出役装束にしなかったのだろう。

捕方たちも単衣《ひとえ》を尻《しり》っ端折《ぱしょ》りにし、股引姿の者が多かった。ただ、六尺棒を持った男が何人かいた。近くの番屋にあった物を持ってきたのだろう。

捕方たちの顔も緊張していた。相手が佃の久兵衛であることを知っているようだ。

「いや、わしらは竹本と勝負がしたいだけだ」

源九郎は、捕物にくわわれないのでそう言った。村上にしても、市井の牢人の手を借りて捕縛したとなると、面目がつぶれるだろう。

村上は無言でうなずくと、

「支度しろ」

と、捕方たちに指示した。

すぐに捕方たちが支度し始めた。支度といっても襷《たすき》で両袖を絞り、鉢巻きをするだけである。村上は羽織を着たまま、着流した小袖を尻っ端折りした。恰好は悪いが、着流しでは動きづらいらしい。もっとも、村上が直接久兵衛や子分に手を出すことはないはずだ。

「行くぞ」

村上が声をかけると、栄造が先にたった。

辺りが、だいぶ明るくなってきた。松波屋の店舗がはっきりと見え、離れをかこった庭木の緑が鮮やかな色彩をとりもどしている。

まだ、辺りの町並は夜明け前の静寂につつまれていたが、小半刻（三十分）もすれば朝の早い職人やぼてふりなどが動き出すはずである。

二

村上をはじめとする捕方たちは、庭木の枝を避けつつ、足音をたてないようにそろそろと離れに近付いた。源九郎と菅井は、一隊の後ろについた。竹本が姿を見せたら、前に出ようと思っていたのだ。

離れは、深い静寂につつまれていた。物音も話し声も洩れてこない。まだ、久兵衛たちは眠っているのだろう。昨夜は、遅くまで飲んでいたのかもしれない。

捕方たちは離れの戸口近くに集まった。いずれの顔もけわしく、獲物に迫る猟犬のような目をしている。

「重吉、裏手をかためろ」

村上が指示した。

重吉は、村上を桟橋まで迎えにいった岡っ引きである。小柄で、初老だった。丸顔で浅黒い肌をしていた。

「へい」

重吉は四人の捕方をつれ、足音を忍ばせて離れの裏手にむかった。すでに、村上から手筈が話してあったらしい。

「長助《ちようすけ》、おめえは縁先だ」

「へい」

長助と呼ばれた男が、やはり四人連れて縁先にまわった。縁先から飛び出してくる場合にそなえたようだ。

村上は長助たちが縁先にまわったのを見てから、栄造に戸口の引き戸をあけるよう指示した。いよいよ踏み込むつもりらしい。

源九郎と菅井は村上の後ろに立った。竹本が出てきたら、闘いのできる場に引き出すつもりだった。

引き戸はすぐにあいた。さるも心張り棒もかってなかったらしい。

さるは、戸締まりのために、柱や敷居の穴に差し込む戸についた木片である。

栄造につづいて村上が戸口に踏み込み、

「佃の久兵衛、姿を見せろ！」

と、奥にむかって声を上げた。

すでに、離れのなかにいる久兵衛や竹本たちは、捕方の足音や引き戸をあける音を耳にし、目を覚ましているはずである。

土間の先が狭い板敷きの間になっていて、その奥に障子がたててあった。右手は廊下になっている。裏手へつづいているようだ。

障子の向こうで、男のくぐもった声や夜具を撥《は》ね除《の》けるような音などが聞こえた。つづいて、床を踏む複数の足音や男の怒声などが起こった。離れにいた何人かの男が起きだしたようだ。

ガラッ、と障子があいた。姿を見せたのは、まだ若い、目の細い男だった。寝間着姿である。久兵衛の子分であろう。若い男の背後に、何人かの人影が見えた。障子の奥は暗く、はっきりしないが、三人ほどいるらしい。

「な、何か、用ですかい」

若い男が訊いた。声が震えている。捕方が踏み込んできたと分かったらしい。

「八丁堀の者だ。久兵衛をここに出せ！」

村上が強い口調で言った。

「八丁堀の旦那、ここには久兵衛などという男はいませんぜ。藤兵衛の旦那の隠居所でして……」

そう言って、若い男が首をすくめた。

「ならば、藤兵衛を連れてこい」

村上が言うと、若い男の後ろにいた人影が動き、老齢の男が恐る恐る顔を出した。

「お役人さま、てまえが松波屋のあるじ、藤兵衛でございます」

男が腰をかがめながらしゃがれ声で言った。

大柄で、でっぷり太っていた。鬢《びん》や髷《まげ》は白髪が多かったが、赤ら顔に艶《つや》があり、双眸《そうぼう》には相手をすくませるような鋭さがあった。身辺に、やくざの親分らしい凄《すご》みがただよっている。

「おめえが、佃の久兵衛だってことは分かってるんだよ」

村上が久兵衛を睨《にら》むように見すえて言った。

「久兵衛などと、まったく何のことやら……」

久兵衛は困惑したような顔をした。

「それに、この家にいる竹本と桑五郎が、何をしたかもな」

「……!」

久兵衛の顔が、押し潰されたように奇妙にゆがんだ。強い衝撃に襲われたらしい。久兵衛は何か言おうとして口をひらいたが、声にはならなかった。

「久兵衛、観念してお縄を受けな」

そう言って村上が手を振った。踏み込んで、捕らえろ、という合図である。

御用！　御用！　と、捕方たちがいっせいに声を上げ、手にした十手や六尺棒を久兵衛にむけた。

「だ、旦那、頼みますぜ」

久兵衛が後じさり、後ろにいた人影に声をかけた。

すると、久兵衛と入れ替わるように牢人体の男が前に出てきた。寝間着姿だが、左手に大刀をひっ提げている。竹本だった。

竹本の脇からもうひとり、別の男が姿を見せた。大柄で赤ら顔だった。桑五郎である。桑五郎は匕首を手にしていた。逆上したように目をつり上げ、口をあけて歯を剝《む》き出している。

これを見た源九郎は村上の脇に出て、

「竹本、おぬしは、わしが斬る！」

と、鋭い声で言った。

「斬れるか」

竹本は一歩踏み出して抜刀すると、黒鞘を足元に落とした。竹本の顔もこわばっていた。源九郎にむけられた双眸が射るようなひかりを帯びている。

竹本が刀を抜いたのを見て、土間にいた捕方たちに動揺がはしった。恐怖に顔をこわばらせ、尻込みするように身を引いた。狭い土間で、竹本に斬りつけられたら逃げようがないのである。

「おぬしとふたりだけで、勝負をつけたい。竹本、表へ出ろ」

源九郎が言った。

「よかろう」

竹本が刀を手にしたまま板敷きの間に出てきた。

捕方たちが、慌てて左右に身を引いた。腰が引け、竹本にむけた十手や六尺棒が震えている。

源九郎は、竹本に体をむけたまま後じさって敷居を越えた。源九郎の後ろにいた菅井も、すこし間をとって外へ出た。

竹本は捕方たちの間をゆっくりとした歩調で通り過ぎ、戸口から外へ出た。

源九郎はすばやく戸口の右手に移動した。そこは庭木がなく、ふたりで立ち合えるだけの場があったのである。

源九郎と竹本は、およそ三間半の間合をとって対峙《たいじ》した。

菅井は戸口の脇に立ち、源九郎たちに体をむけていたが、家のなかの様子にも目を配っているようだった。双方の状況によって、助勢するつもりらしい。

源九郎と竹本が戸口から外へ出ると、土間の左右に身を寄せていた捕方たちが、ふたたび土間にひろがり、十手や六尺棒を久兵衛と桑五郎にむけた。

「お、親分、逃げてくれ！」

桑五郎がひき攣《つ》ったような声を上げた。

すると、桑五郎の後ろにいた久兵衛がさらに後じさり、反転して右手に逃れた。

右手に廊下がある。久兵衛は、裏手から逃げるつもりらしい。

「踏み込め！」

村上が声を上げた。

捕方たちが、いっせいに板敷きの間に踏み込んだ。

「廊下から、裏へまわれ！」

言いざま、村上も右手の廊下へむかった。数人の捕方が、廊下へ走った。久兵衛を追ったのである。

廊下は薄暗かった。久兵衛が喉のかすれたような喚《わめ》き声を上げ、バタバタと足音をひびかせながら奥へ逃げていく。

廊下の突き当たりは、台所になっていた。薄闇のなかに流し場と竈《へっつい》が見えたが、狭い台所で食器類などを置く場所はないようだった。

その台所の前まで来て、久兵衛の足がとまった。

台所にある背戸があき、数人の捕方が侵入してきたのだ。裏手にまわった重吉たちである。

「久兵衛を押さえろ！」

村上の声で、廊下にいた捕方たちがいっせいに久兵衛を追った。

三

源九郎は青眼に構え、切っ先を竹本の目線につけていた。対する竹本は八相である。亀楽の前で立ち合ったときと同じ構えである。

ふたりはいっとき対峙したまま動かなかったが、竹本が先に仕掛けた。趾《あしゆび》を這《は》うように動かし、すこしずつ間合を狭め始めた。

竹本の八相は、気勢の満ちた大きな構えだった。上から覆いかぶさってくるような威圧がある。

一方、源九郎は動かなかった。気を鎮めて、竹本の気の動きと間合を読んでいる。

　ふたりの間合がせばまるにつれて剣気が高まり、ふたりの全身に斬撃の気配が満ちてきた。竹本はさらに間合をつめ、源九郎は全神経を竹本にむけている。

　音が消え、時のとまったような緊張と静寂のなかで、ふたりのはなつ剣気だけが火花を散らしていた。

　竹本の左足が一足一刀の間境に迫った。

　竹本が全身に激しい気勢を込め、斬り込んでくる気配を見せた。

　フッ、と敵の目線につけられていた源九郎の切っ先が下がった。誘いである。

　次の瞬間、竹本の全身に斬撃の気がはしった。

　イヤアッ！

　タアッ！

　ほぼ同時に、ふたりの気合が静寂を劈《つんざ》き、体が躍り、閃光《せんこう》がはしった。

　竹本が八相から袈裟《けさ》へ。

　源九郎が振りかぶりざま袈裟へ。

　二筋の閃光が眼前で合致し、ふたりの刀身がとまった。

　ふたりは体を寄せて動きをとめた。鍔《つば》迫《ぜ》り合いである。

だが、ふたりが動きをとめていたのは、ほんの数瞬だった。

源九郎が刀を押しざま後ろへ跳び、刀身を横に払った。竹本も一歩身を引きざま、袈裟に斬り下ろした。一瞬の攻防である。

ザクリ、と源九郎の着物の肩先が裂けた。竹本の着物の腹部も横に裂けている。だが、ふたりとも肌に血の色はなかった。着物を裂かれただけである。

後ろに跳んだ源九郎は、間髪をいれず、ふたたび踏み込んだ。竹本が八相に構えようとした一瞬の隙をとらえたのである。

トオッ！

源九郎は鋭い気合を発し、突き込むような籠手《こて》をみまった。神速の一刀である。

咄嗟《とっさ》に、竹本が源九郎の斬撃を避けようとして身を引いたが、間に合わなかった。

ザクッ、と竹本の右手の甲が裂けた。その拍子に、竹本の手にしていた刀身が大きく下がった。手の甲から血が迸《ほとばし》り出、赤い筋になって流れ落ちた。咄嗟に、竹本は後ろに身を引いたが、切っ先が下がったままである。

つつッ、と源九郎が竹本に身を寄せた。素早い寄り身である。

竹本は刀身を上げて、源九郎に切っ先をむけた。

瞬間、源九郎は刀をわずかに横に払って竹本の刀身をはじき、二の太刀を真っ向へ斬り込んだ。

敵の刀を払いざま真っ向へ。一瞬の流れるような連続技である。

源九郎の切っ先が、竹本の真額《まびたい》をとらえた。

にぶい骨音がし、竹本の額から鼻筋にかけて血の線がはしった。次の瞬間、額が割れて、血が飛び散った。

竹本は顔をゆがめてつっ立ち、かすかに喘鳴《ぜんめい》のような喘《あえ》ぎ声を洩らした。その顔を赤い布でつつむように血がおおっていく。

ゆらっ、と竹本の体が揺れ、腰から沈むように転倒した。

竹本は地面に横たわり、四肢を痙攣《けいれん》させていたが、体は動かなかった。絶命したようである。竹本の額から流れ出た血が、地面を赤く染めていく。

源九郎は竹本の脇に立って荒い息を吐いた。

「と、歳だわい」

源九郎がつぶやいた。激しく動いたために、息が切れたのである。

「見事だ」

菅井がそばに来て声をかけた。菅井の目が燃えるようにひかっている。源九郎の立ち合いを見て、気が昂ったのだろう。

「久兵衛は、どうした」

源九郎が訊いた。

「村上どのが捕らえたのではないかな」

菅井は、どうなったか見てないようだ。源九郎の立ち合いが気になって、家のなかに入れなかったのだろう。

「行ってみよう」

源九郎と菅井は、すぐに戸口から家のなかへ入った。

ちょうど、村上たち捕方の一隊が、廊下の奥から戸口に出てくるところだった。縄をかけた久兵衛ともうひとり若い男を連れてきた。

久兵衛は観念したのか肩を落とし、捕方に逆らう素振りも見せずに自力で歩いてくる。若い男は、村上や源九郎たちが離れに踏み込んだとき、顔を出した男だった。後で分かったのだが、この男が当初吉浜に姿を見せて脅した長五郎だった。久兵衛の身のまわりの世話をしながら、離れに隠れていたらしい。

村上は板敷きの間まで来ると、

「久兵衛を押さえたぞ！」

と、声を上げた。村上にとっても、久兵衛の捕縛は大手柄だったのである。

「桑五郎は」

源九郎が訊いた。

「捕らえた。いま、連れてくるはずだ」

村上によると、捕方たちが桑五郎を奥の座敷で取り押さえ、縄をかけたという。

「そうか。……どうやら、わしらの役割は終わったようだ」

源九郎は、この場から引き上げることを村上に伝えて菅井とともに外へ出た。

源九郎たちには、これからやらねばならないことがあったのだ。

戸口の脇で茂次が待っていた。

「福井町へ行きやすか」

茂次が小声で訊いた。

「そのつもりだ」

源九郎は、上空に目をやった。すでに、陽は家並の上にあり、隠居所のまわりの木々の緑が春の陽を浴びてかがやいていた。

源九郎たち三人は足早に路地を抜け、柳橋の表通りに出た。通りにはぽつぽつ人影があったが、夜の遅い料理屋や料理茶屋などは、まだ表戸をしめていた。松波屋もひっそりと静まっている。

四

源九郎たちは福井町の掘割沿いの路地をしばらく歩き、峰右衛門店の路地木戸が見えるところまできて足をとめた。長屋に踏み込む前に、見張りをしているはずの孫六たちから又蔵が長屋にいるかどうか聞きたかったのだ。

「あっしが、ちょいと様子を見てきやす」

そう言い残し、茂次が小走りに路地木戸の方へむかった。

茂次が路地木戸の前まで行くと、八百屋の脇から孫六が走り出てきた。ふたりは何やら言葉を交わしていたが、ふたりそろって源九郎たちのそばに来た。

「又蔵はいるのか」

すぐに、源九郎が訊いた。

「いやすぜ」

孫六によると、ここに着いてすぐ孫六だけ路地木戸から入り、井戸端にいた女房らしい女から又蔵の家を聞いたという。そして、又蔵の家の前を通りながら、腰高障子の破れ目からなかを覗いてみたそうだ。

「やつは、まだ寝てやした。外まで、鼾が聞こえやしたぜ」

孫六が口元に薄笑いを浮かべて言った。

「いくらなんでも、もう起きただろうな」

すでに、陽は高くなっていた。

「やつは、朝めしでも食ってるかもしれねえ」

「それで、平太と三太郎は？」

源九郎が訊いた。

「八百屋の脇で、路地木戸を見張っていやす」

「そうか。……さて、どうしたものか」

源九郎はここにきて迷った。長屋に踏み込んで又蔵を捕らえると、騒ぎが大きくなるだろう。それに、捕らえた後が大変である。はぐれ長屋に又蔵を連れて行くには、賑やかな両国広小路を抜け、両国橋を渡らなければならない。町方でもない源九郎たちが、人混みのなかを捕縛した又蔵を連れ歩くわけにはいかないのだ。

源九郎がそのことを話し、

「陽が沈むまで、待つか」

と、言い添えた。それまで、見張りをつづけるのは厄介だが、仕方がない。

「華町、かえって、いまがいい時かもしれんぞ」

菅井が小声で言った。

「どういうことだ」

「いや、ちょうどいまごろ、長屋は静かではないか」

「そうだな」

菅井の言うとおりだった。

長屋は、一日のなかでいまごろが静かなときなのだ。朝餉《あさげ》を終え、亭主たちはみな仕事に出ている。居職《いじょく》の者も、家に籠って仕事をしているだろう。それに、女房連中は亭主たちを送り出し、朝餉の後片付けを終えて、家のなかで一休みしているころなのだ。

「それに、又蔵が家のなかにいれば、おれが峰打ちに仕留めてやる。騒ぎにならずに、捕らえられるぞ」

「だが、どうやって長屋まで連れていくのだ」

捕らえた後、はぐれ長屋まで連れていくのがむずかしい。

「旦那、栄造に頼んだらどうです」

孫六が口をはさんだ。

「勝栄までなら、それほど人目を気にすることたァねえ。それに、栄造が捕らえたことにして村上の旦那に引き渡してもらえば、うまく始末がつきまさァ」

たしかに、ここから勝栄のある諏訪町までそう遠くはない。

「それがいいな」

菅井が声を大きくして言った。

「よし、そうしよう」

源九郎もいい手だと思った。平太に縄をかけさせ、栄造に引き渡させれば、平太も満足するだろう。

「行きやしょう」

孫六が先に立って長屋の路地木戸の方に足をむけた。

源九郎たちが路地木戸の近くまで行くと、八百屋の脇から平太と三太郎が小走りに出てきた。平太は興奮しているらしく、目を剝き、顔を紅潮させていた。緊張と不安があるらしく、肩先がかすかに震えている。

「平太、案ずることはないぞ。わしらがついているからな」

源九郎がおだやかな声で言うと、

「へい」

と答え、平太が大きくうなずいた。

「入《へえ》りやすぜ」

孫六が先にたって路地木戸をくぐった。

路地木戸をくぐると、すぐに井戸があった。井戸端で芥子坊頭《けしぼう》の男児《おとこのこ》がふたり、棒切れを手にして地面に何か描いて遊んでいた。ふたりの児は源九郎たちの姿を見ると、怯《おび》えたような顔をしたが、

「お、うまく描けたじゃァねえか」

と茂次が声をかけ、笑顔を見せると、ふたりの児は安心したのか、また棒切れでつづきを描き始めた。

「こっちで」

孫六が井戸の斜向《はす》かいにある棟に近付いた。間口二間の古い棟割り長屋である。

「とっつきから、ふたつ目がやつの家でさァ」

孫六が棟の端で足をとめて言った。

腰高障子が破れ、黄ばんだ紙片が風に揺れている。別の棟から女の声や赤子の泣き声などが聞こえたが、近くに人影はなかった。

源九郎たちは、足音を忍ばせて又蔵の家に近付いた。

孫六が腰高障子の破れ目からなかを覗き、

……いやすぜ。

と声を出さず、口だけ動かして源九郎たちに知らせた。

すぐに、菅井が破れ目からなかを覗いた。土間の先の座敷で、男がひとり胡座《あぐら》をかいていた。丸顔で、肌が浅黒かった。又蔵にまちがいない。

又蔵は、湯飲みを手にして何か飲んでいる。そばに茶漬けでも入っていたらしい丼が置いてあったので、朝めしの後、茶でも飲んでいるのだろう。

菅井は振り返って、おれが、先に入る、と口と手振りで示してから、腰高障子をあけて土間に踏み込んだ。

又蔵は入ってきた菅井の姿を目にすると、驚愕《きょうがく》に目を剝き、凍りついたように身を硬くしたが、

「てめえは、伝兵衛店の！」

と叫びざま、手にした湯飲みを菅井に投げつけ、跳ねるような勢いで立ち上がった。

一瞬、菅井は身を低くして湯飲みをかわした。背後で、バシャ、という音がひびき、茶の入った湯飲みが障子紙を突き破って外へ飛んだ。

「観念しろ、又蔵！」

菅井は右手で柄をつかんで抜刀し、上がり框《かまち》から踏み込んだ。素早い動きである。

「抜きやァがったな！」

又蔵はひき攣ったような声を上げ、脇に置いてあった匕首をつかんだ。

菅井は刀身を峰に返し、又蔵の前に踏み込んだ。

「やろう！」

叫びざま、又蔵は体当たりするような勢いで菅井の胸のあたりを狙って、匕首を突き出した。

颯《さつ》と、菅井が右手に踏み込みざま刀身を横に払った。一瞬の反応である。

又蔵の匕首は、菅井の肩先に伸びて空を突き、菅井の刀身は又蔵の腹を強打した。

グッ、と喉のつまったような呻《うめ》き声を上げ、又蔵が腹を押さえてうずくまった。菅井の一撃で肋骨《ろっこつ》を砕かれたのかもしれない。

「平太、いまだ！」

声をかけたのは、平太とともに土間に入ってきた源九郎だった。

平太は框から座敷に跳び上がった。そして、孫六から渡されていた細引を取り出した。俊敏な動きである。

「平太、やつの両手を後ろに取れ！」

孫六が声をかけ、自分も座敷に上がってきた。そして、うずくまっている又蔵の両肩を前から押さえつけた。

「へ、へい」

平太が、うずくまっている又蔵の両腕を後ろにまわした。

又蔵は苦しげな呻き声を洩らしていたが、平太のなすがままになっている。孫六に肩を押さえられて抵抗できないようだ。

「細引を手首にまわして縛るんだ」

孫六が又蔵の肩を押さえたまま言うと、平太は震える手で細引を又蔵の手首にまわした。

平太は手が震えてなかなかうまくいかなかったが、鳶《とび》として丸太などを縛る経験があったらしく、なんとか手が抜けないように縛り上げた。

「なかなかうめえじゃァねえか。手が抜けなけりゃァ、いいのよ」

孫六が苦笑いを浮かべて言った。

「平太、益吉の敵を討てたな」

土間に立った源九郎が、平太に声をかけた。

「へい、みんな旦那たちのお蔭でさァ……」

平太が顔を奇妙にゆがめ、涙声で言った。

平太はすこし胸を張り、又蔵を縛った細引の端を握りしめたまま突っ立っていた。兄を殺された無念と悲しみ、敵の又蔵を捕らえた成就感と安堵《あんど》、そうしたものがごっちゃになって胸に込み上げてきたのだろう。

「よし、連れていこう」

菅井が又蔵の腋に手を入れて、立ち上がらせた。

すると、孫六が部屋の隅にかかっていた半纏《はんてん》を手にし、

「こうすりゃァ、縛っている手を隠せますぜ」

と言って、又蔵の肩にかけた。

源九郎たちは戸口から出ると、又蔵を取りかこむようにして路地に出た。

五

「さァ、飲め」

源九郎が銚子をとって孫六の猪口《ちょく》に酒をついでやった。

孫六は目を糸のように細め、

「ヘッヘへ……、栄造が平太を気に入ってくれたし、酒はただで飲めるし、こんないいこたァねえ」

と言って、猪口の酒をうまそうに飲み干した。

そこは、亀楽だった。源九郎、菅井、孫六、茂次、三太郎の五人が飯台を前にして飲んでいた。平太は連れてこなかった。源九郎たちも、十四歳の平太を酒に誘うのは気が引けたのである。

久兵衛を捕らえ、又蔵を栄造に渡してから十日過ぎていた。又蔵は栄造の手で村上に引き渡され、いまは南茅場町《みなみかやばちょう》にある大番屋の仮牢に入れられ、与力の吟味を受けていた。

一昨日、源九郎と孫六とで平太を連れ、諏訪町にある勝栄に行ってきた。栄造に、平太を下っ引きとして使ってくれないか、頼みに行ったのである。

栄造は平太を気に入り、すぐに承知してくれた。ただし、平太が若いこともあって、

「平太、いままでどおり、鳶の仕事はつづけるんだぜ。おれが探索を頼んだときだけ、動いてくれ」

と言って、栄造は釘を刺すことも忘れなかった。

「へい、鳶の仕事はつづけやす」

平太は神妙な顔をして答えた。

源九郎も孫六も、栄造の心配りがありがたかった。下っ引きでは食っていけない。それに、事件の探索は危険なことだった。下手に動きまわると、どこで下手人に命を狙われるか分からない。栄造はそうしたことも考え、若い平太が母親とふたりで暮らしていけ、しかも危ない目に遭《あ》わないように配慮してくれたのである。

「旦那、平太はいい御用聞きになりやすぜ。あっしの目に狂いはねえ」

孫六が胸を張って言った。

「とっつァん、これからは、平太のことを相生町の親分と呼ぶことになりそうだ

な」

　茂次が、口元に薄笑いを浮かべて言った。

「まだ、親分は早《はえ》えよ」

　孫六が手酌で酒をつぎながら言った。だいぶ、酒がすすんでいるようだ。顔が熟柿《じゅくし》のように赤く染まっている。

「番場町の親分と相生町の親分が、うちの長屋にいるわけだ」

　めずらしく、無口な三太郎が口をはさんだ。酒のせいらしい。青瓢箪《あおびょうたん》のような顔が赤くなっている。

「これからは、はぐれ長屋などと呼ばせねえぜ」

　茂次が言った。

「なんて呼べばいいんだい」

　孫六が猪口を手にしたまま訊いた。

「御用聞き長屋よ。長屋の木戸にな、お上の御用、承りますって張り紙を出しておくんだよ」

「そいつはいいや」

　孫六、茂次、三太郎の三人が、声を上げて笑った。

菅井は渋い顔をしてひとりで手酌で飲んでいる。源九郎は苦笑いを浮かべ、酒を飲んだり肴《さかな》の煮染《にしめ》をつついたりしていた。

孫六たちの笑いが収まったところで、

「ところで、百乃屋の市蔵と松波屋のおれんは、どうなったのだ」

菅井が、源九郎に訊いた。

「栄造と会ったときに、聞いたのだがな。ふたりとも、村上どのの手で捕らえられたそうだよ」

源九郎が聞いた栄造の話によると、村上は久兵衛を捕らえたその日のうちに、松波屋と百乃屋に捕方をむけ、おれんと市蔵を捕らえたそうだ。日を置けば、ふたりが久兵衛が捕らえられたことを知って逃走するかもしれない、とみて早く手を打ったらしい。

「久兵衛と桑五郎は死罪だろうが、市蔵とおれんはどうかな」

菅井が訊いた。

「どんなお裁きになるか分からんが、市蔵とおれんも重罪だろうな」

おれんが、吉浜をつぶすために久兵衛と相談したことはまちがいなかった。包丁人殺しを、どちらが言い出したか分からないが、おれんも知っていたはずである。それに、離れに久兵衛をかくまっていたのだから、それだけでも重罪である。

また、市蔵は久兵衛の右腕として子分たちをまとめていた。それだけでも、久兵衛とともに断罪に処されても仕方がないだろう。

「いずれにしろ、これで、始末がついたわけだな」

そう言って、菅井が猪口に手を伸ばした。

いっとき間を置いた後、源九郎が男たちに目をやって言った。

「実は、おしずのことだが、亀楽で働くことになったそうだよ。元造から、亡くなったお峰の代わりに店を手伝ってくれないか、との話があったらしい」

昨日、おしずは平太とともに源九郎の家に来て、これまで世話になった礼を言うとともに、亀楽で働くことも話したのだ。

「そいつはいいや」

孫六が声を上げた。

「とっつァん、亀楽も長くつづきそうだな」

と、茂次。

「あたりめえよ。亀は万年って言うじゃァねえか」

「ちげえねえ」

また、孫六たち三人が笑い声を上げた。

それから、一刻（二時間）ほども飲んでから、源九郎たちは腰を上げた。これ以上飲むと、孫六や茂次たちは、へべれけになりそうだった。

元造は酒代はいらないと言ったが、源九郎たちは相応の金を渡して亀楽を出た。源九郎たちの懐は暖かかったし、亀楽の切り盛りも楽ではないと分かっていたからである。

店の外は満天の星だった。路地はひっそりとしていた。人影がなく、松坂町とその先につづく相生町の家並が夜の帳につつまれ、黒く沈んだように連なっている。

茂次、孫六、三太郎の三人は肩を寄せ合い、何かひそひそ話をしながら歩いていく。ときどき、茂次の茶化すような声と、孫六の、ヒッヒヒ……、という笑い声が聞こえた。何か卑猥《ひわい》な話をしているらしい。いつもそうだった。亀楽で遅くまで飲んだ後はきまって、茂次たち三人でつるんで卑猥な話を始めるのだ。

「華町」

歩きながら菅井が声をかけた。

「なんだ」

「しばらく、ご無沙汰しておるな」

「何の話だ」

「将棋だよ、将棋」

「ああ……」

また、将棋か、と源九郎は思った。どうやら、菅井もいつもの暮らしにもどったようだ。

「明朝な、将棋盤を持っていくからな。楽しみに待っていろよ」

菅井が、ニンマリして言った。

双葉文庫

と-12-33

はぐれ長屋《ながや》の用心棒《ようじんぼう》

すっとび平太《へいた》

2012年8月12日　第1刷発行
2019年7月9日　第2刷発行

【著者】
鳥羽亮《とばりょう》

【発行者】
箕浦克史

【発行所】
株式会社双葉社
〒162-8540 東京都新宿区東五軒町3番28号
［電話］03-5261-4818(営業)　03-5261-4833(編集)
www.futabasha.co.jp
(双葉社の書籍・コミックが買えます)

【印刷所】
株式会社新藤慶昌堂

【製本所】
株式会社若林製本工場

【表紙・扉絵】南伸坊
【フォーマット・デザイン】日下潤一
【フォーマットデジタル印字】飯塚隆士

ISBN978-4-575-66574-1 C0193
Printed in Japan

芦川淳一
剣四郎影働き
姫さま消失
長編時代小説
〈書き下ろし〉
黒川藩の綾姫が伝通院を参詣した折、忽然と姿を消した。その後、五千両の身代金要求があり、如月剣四郎に姫を助けて欲しいとの依頼が！

稲葉稔
真・八州廻り浪人奉行
奇蹟の剣
長編時代小説
〈書き下ろし〉
旗本の美人奥方失踪直後に起きた醤油問屋〈山城屋〉の皆殺し事件。その驚愕の真相とは？　古都鎌倉を舞台に春斎の剛剣が唸りを上げる。

植松三十里
江戸町奉行所吟味控
比翼塚
長編時代小説
〈書き下ろし〉
脱藩浪人平井権八と吉原一の太夫小紫の結ばれぬ恋。歌舞伎や浄瑠璃にもなった心中事件の謎に、南町奉行所同心・永田誠太郎が迫る！

沖田正午
質蔵きてれつ繁盛記
質入れ女房
長編時代小説
〈書き下ろし〉
女房を質草に金を借りたいという途方もない客が八前屋に現れた後、質草も利息も取らないという妙な質店開店の噂がもたらされる。

風野真知雄
新・若さま同心　徳川竜之助
象印《ぞうじるし》の夜
長編時代小説
〈書き下ろし〉
辻斬りが横行する江戸の町に次から次へと起きる怪事件。南町の定町回り同心がフグ中毒で壊滅状態のなか、見習い同心竜之助が奔走する。

北沢秋
奔《はし》る合戦屋《かっせんや》（上・下）
長編戦国
エンターテインメント
中信濃の豪将・村上義清の下で台頭する石堂一徹。いかにして孤高の合戦屋は生まれたのか。話題のベストセラー戦国小説第二弾！

佐伯泰英
居眠り磐音《いわね》　江戸双紙38
東雲《しののめ》ノ空
長編時代小説
〈書き下ろし〉
天明二年秋、坂崎磐音の江戸帰着を阻止せんと田沼意次一派が警戒を強めるなか、六郷の渡しに子供を連れた旅の一行が差し掛かり……。

佐伯泰英
居眠り磐音《いわね》 江戸双紙39
秋思《しゅうし》ノ人
長編時代小説
〈書き下ろし〉
甲府勤番支配の職を解かれた速水左近は、田沼一派が監視をする中、江戸へと出立した。道中を案じた坂崎磐音は夜明けの甲州路を急ぐ。

坂岡真
照れ降れ長屋風聞帖
曰窓《いわくまど》
長編時代小説
〈書き下ろし〉
連続して見つかった屍体の懐には、木彫りの猿と葛の葉が。事件の影に哀しい仇討ちが隠されていたことを知った八尾半四郎は……。

芝村涼也
返り忠兵衛 江戸見聞
黒雲兆《こくうんきざ》す
長編時代小説
〈書き下ろし〉
定海藩復帰を断り浪々の身を決めた忠兵衛は、定町廻り同心・岸井千蔵にかけられた濡れ衣を晴らすために奔走する。新展開の第六弾。

鈴木英治
口入屋用心棒23
身過《みす》ぎの錐《きり》
長編時代小説
〈書き下ろし〉
米田屋光右衛門の病が気掛りな湯瀬直之進は、高名な医者雄哲に診察を依頼する。そんな折、平川琢ノ介が富くじで大金を手にするが……。

築山桂
左近 浪華の事件帳
闇の射手《しゃしゅ》
長編時代小説
〈書き下ろし〉
大坂の町で若い娘を狙った拐かし事件が続いた。東儀左近は、娘を助け出すため奔走するなかで、さらなる陰謀に巻き込まれていく。

津本陽
柳生兵庫助
勇躍の刻《とき》
長編時代小説
妻の千世が懐妊し幸福に浸る兵介に、尾張徳川家から兵法指南の話が舞い込む。仕官を決めた兵介は「兵庫助」と改名。名古屋城へと赴く。

鳥羽亮
はぐれ長屋の用心棒
疾風《はやて》の河岸《かし》
長編時代小説
〈書き下ろし〉
鬼面党と呼ばれる全身黒ずくめの五人組が、大店に押し入り大金を奪い、家の者を斬殺した。華町源九郎らは材木商から用心棒に雇われる。

鳥羽亮
はぐれ長屋の用心棒
剣術長屋
長編時代小説〈書き下ろし〉

はぐれ長屋に住んでいた島田藤四郎が剣術道場を開いたが、門弟が次々と襲われる。敵の狙いは何か？　源九郎らが真相究明に立ちあがる。

鳥羽亮
はぐれ長屋の用心棒
怒り一閃
長編時代小説〈書き下ろし〉

陸奥松浦藩の剣術指南をすることとなった、華町源九郎と菅井紋太夫を襲う謎の牢人たち。ついに紋太夫を師と仰ぐ若い藩士まで殺される。

七海壮太郎
引越し侍 内藤三左
新居の秘剣
長編時代小説〈書き下ろし〉

引越し侍・三左に初仕事が舞い込む。それは、広壮美麗な庭を持ついわくありげな屋敷に住み込むことだった。瞠目のシリーズ第二弾！

幡大介
大富豪同心
仇討ち免状
長編時代小説〈書き下ろし〉

悪党一派が八巻卯之吉に扮した万里五郎助に武士を斬りまくらせる。ついに、卯之吉を兄の仇と思い込んだ侍が果たし合いを迫ってきた。

藤井邦夫
知らぬが半兵衛手控帖
夕映え
長編時代小説〈書き下ろし〉

大工の佐吉が年老いた母親とともに姿を消した。惚けた老婆と親孝行の倅の身を案じた同心白縫半兵衛が、二人の足取りを追いはじめる。

藤原緋沙子
藍染袴《あいぞめばかま》お匙帖
月の雫
時代小説〈書き下ろし〉

美人局にあった五郎政の話で大騒ぎとなった桂治療院。そんな折り、数日前まで小伝馬町の牢にいた女の死体が本所竪川の土手で見つかる。

牧秀彦
算盤侍《そろばんざむらい》 影御用
婿殿《むこどの》女難
長編時代小説〈書き下ろし〉

勘定奉行・梶野良材より大奥御中﨟の身辺警固の密命を受けた笠井半蔵が陥った罠とは……。半蔵と愛妻・佐和の仲に最大の危機が！